निशंक की 21 कहानियां

रमेश पोखरियाल 'निशंक'

डायमंड बुक्स

www.diamondbook.in

प्रकाशकः डायमंड पॉकेट बुक्स (प्रा.) लि.
X-30, ओखला इंडस्ट्रियल एरिया, फेज-II
नई दिल्ली-110020
फोन : 011-40712200
ई-मेल : sales@dpb.in
वेबसाइट : www.diamondbook.in

Nishank Ki 21 Kahaniyan
By : Ramesh Pokhriyal 'Nishank'

16 जून 2013 को उत्तराखंड में
प्रलयंकारी परिस्थितियों में दिवंगतों
और निरंतर दुष्कर परिश्रम करके
हजारों लोगों को जान पर खेल कर
बचानेवालों के साहस तथा मानवता को समर्पित।

भूमिका

संसार के प्रत्येक देश की विभिन्न काल खण्डों में विकसित संस्कृति, धर्म और दर्शन में किसी न किसी सन्दर्भ में यह कहा गया है कि कलाएं अलौकिक वरदान हैं और अभिव्यक्ति के कलात्मक स्वरुप जीवन के ही अनेक रंगों तथा आयामों का प्रतीक या प्रतिबिम्ब हैं। जिस प्रकार प्रकृति अलग अलग रूप-स्वरुप में हरेक जीवन को संवारती, निखारती, नचाती, बनाती-बिगाड़ती, जिताती-हराती और एक परिस्थिति से दूसरी परिस्थिति में लाकर भिन्न-भिन्न आचरण कराती है, उसी तरह रचनाकार की मानसिक स्थिति, चिंतन तथा रूचि के सामान ही उसकी मान्यताएं और रचनाधार्मिता भी रूप बदलती है। यही कारण है कि एक ही जैसे विषयों पर भिन्न देशों, संस्कृतियों, धर्मों और भाषाओं में भिन्न दृष्टिकोण की रचनायें मिलती हैं ।

उत्तराखंड इस महान देश का एक ऐसा राज्य है, जिसे सभी देवभूमि कहते हैं। राजनीति और शासन में मैंने बहुत ही तीव्रता से अनुभव किया है कि देश के अन्य कई राज्यों के विपरीत चीन और नेपाल की अंतर्राष्ट्रीय सीमा से से सटे इस राज्य को केंद्र सरकार ने देश के अशांत पर्वतीय क्षेत्रों की भांति सुविधाएं नहीं दीं हैं। इसके बावजूद यहाँ के जनजीवन में आक्रोश, अलगाव, अशांति और असहयोग की भावनाएं नहीं पनपीं। यहाँ की सादगी, सरलता और सद्भावपूर्ण सोच पर इस प्रकार के राजनीतिक भेदभाव का कोई प्रभाव नहीं है। मेरे उत्तराखंड की सोच पूरे देश के ही नहीं मानवता, पर्यावरण और प्रकृति के हित की सोच है।

प्रकारांतर से हम सभी अपने विश्वास के अनुरूप परमात्मा, प्रकृति अथवा परम तत्व को सृष्टि का रचियता, पालनहार और संहारक मानते हैं। नास्तिक हों या आस्तिक सभी मानते हैं कि जीवन का नियंता कोई तो है ही, चाहे वह प्रकृति हो या परम पिता। रचनाधार्मिता ही एकमात्र ऐसा सहज कर्म है जो हमें

स्रष्टा की प्रत्येक जीवित-निर्जीव कृति को सराहने-समझने की सामर्थ्य देता है। इस प्रकार कोई भी कला हो वह ईशोपासना से कम नहीं है। सामाजिक क्षेत्र, शिक्षा, पत्रकारिता और राजनीति में सक्रियता के बावजूद मेरे अंत में बसा कवि और कहानीकार कभी भी न स्वयं चैन से बैठा और न उसने मुझे चैन से बैठने दिया। जीवन की कठिन विपत्तियों, बेलगाम होती नौकरशाही की जटिल मनस्थितियों और राजनीति की कुटिल चुनौतियों के शिकार भोले-भाले लोगों के कष्ट को महसूस करने के साथ भले ही प्रभु ने समय-समय पर उसका समाधान करने की भी मुझे सामर्थ्य दी, परन्तु मैं समस्याग्रस्त अधिकतर लोगों को भुला नहीं पाया। वे लोग ही इन कहानियों के पात्र हैं तथा उनके अनुभव ही मेरी कथाओं के आधार हैं।

अंत में, सबसे पहले मैं डायमंड बुक्स के प्रबंध निदेशक नरेंद्र कुमार का आभार व्यक्त करना चाहूँगा, जिन्होंने अनेक व्यवसायिक व्यस्तताओं के बावजूद अपना बहुमूल्य समय देकर इस संग्रह में मेरी विभिन्न पत्र-पत्रिकाओं में प्रकाशित 21 प्रतिनिधि रचनाओं का स्वयं चयन किया और रिकार्ड समय में उसे पुस्तकाकार स्वरुप प्रदान किया। मैं इस पुस्तक के कलेवर को अंतिम रूप देने के लिए डायमंड बुक्स के निदेशक मनीष वर्मा तथा अंकुर वर्मा और उनके सभी साथियों का भी आभारी हूँ। यदि इस पुस्तक में किसी भी प्रकार की टंकण अथवा लिपिकीय त्रुटि रह गयी हो तो उसके लिए मैं अग्रिम ही क्षमाप्रार्थी हूँ। आपके सुझावों तथा टिप्पणियों का सदा स्वागत रहेगा।

–रमेश पोखरियाल 'निशंक'
देहरादून

प्रकाशकीय

डायमंड बुक्स सदा से ही क्षेत्र, भाषाओं और अन्य सीमाओं से निकल कर पाठकों को सुलभ एवं किफायती साहित्य उपलब्ध करने में अग्रणी रहा है। उत्तराखंड के अग्रणी साहित्यकारों में डॉ. रमेश पोखरियाल 'निशंक' की हम अनेक मामलों में इसलिए सराहना करते हैं कि राजनीति में व्यस्तता के बावजूद उनका साहित्य के प्रति लगाव कभी कम नहीं हुआ। डॉ. निशंक के हमने अनेक पुस्तकें प्रकाशित की हैं जिनमें आज भी व्यक्तित्व निर्माण श्रंखला की उनकी दो पुस्तकें 'भाग्य पर नहीं परिश्रम पर विश्वास करो' और 'सफलता के अचूक रहस्य' आज भी बहुत लोकप्रिय हैं। ये दोनों पुस्तकें अनेक क्षेत्रीय भाषाओं में अनूदित होकर पाठकों तक पहुँची हैं।

डॉ. निशंक का व्यक्तित्व और कृतित्व अत्यंत सहज है। पर्वतीय परम्पराओं, रीति-रिवाज और मानवीयता ने भरपूर उनकी लोकहितकारी सोच उनकी सभी कहानियों की रीढ़ है। वह सच्चे मायनों में उतराखंड के बाशिंदे हैं। उनकी किसी न किसी रचना में पहाड़ का जिक्र न हो, हरिद्वार का उल्लेख न आये, नदियों का नाम न आये, गढ़वाल-कुमायूँ और हिमालय की बात न हो, ऐसा हो ही नहीं सकता। उनका नायक दिल्ली या मुंबई में रह कर भी पहाड़ के प्रति आकर्षित होता है, उनकी कहानियों की पृष्ठभूमि देहरादून, नैनीताल, हरिद्वार और गैरसैंण कहीं की भी हो सकती है और अगर नहीं भी हो तो किसी न किसी कथानक का जुड़ाव पहाड़ से होगा ही। इतना सब होने पर भी डॉ. निशंक न क्षेत्रवाद के शिकार लगते हैं और न उनमें अन्य भाषाभाषियों के प्रति किसी भी प्रकार का पूर्वाग्रह है। उनकी कहानियों का सबसे बुरा व्यक्ति भी संभावनाओं से भरपूर एक भटका इंसान ही हुआ करता हैं

इस कहानी संग्रह में जीवन के अलग अलग रंगों और आयामों से जुड़ी 21 कहानियाँ हैं। इन्हें इस उद्देश्य से चुना गया है कि पाठक पर्वतीय लोगों की सोच, परम्पराओं, समस्याओं, अनुभूतियों और उनके जीवन की विवशताओं के साथ ही उनकी सरलता का भी अनुभव कर सकें। जैसे इस कहानी संग्रह

में पहली कथा 'बस एक ही इच्छा' का पिथौरागढ़ निवासी नायक विक्रम होटल का बैरा है, जो अनेक विवशताओं के बावजूद किसी की सहायता की सोच रखता है। 'नयी जिंदगी' एक दुर्व्यव्सनी के प्रायश्चित का शब्दचित्र है, 'राधा', 'अहसास' तथा 'मनीआर्डर' और 'चक्रव्यूह' में पति-पत्नी के आपसी संबंधों, परिवार के प्रति दायित्वों की समझ की सार्थकता तथा 'क्या नहीं हो सकता', 'बहारें लौट आयेंगी', 'संकल्प' और 'दीनू' निरंतर सत्कर्म करने की प्रेरणा की कथाएं हैं। 'भीड़ साक्षी है' में आपको मिलेगा भीड़ तंत्र के शिकार मानवता से भरपूर हम लोगों के बीच ही कहीं मौजूद एक परिश्रमी चिकित्सक का कष्टप्रद जीवन, और 'विपदा जीवित है' भ्रष्ट सरकारी तन्त्र से त्रस्त एक आम इंसान की प्रतीकात्मक कथा है। 'कहाँ हुई भूल', 'अंधेर' एवं ''एक और बैड खाली हो गया' में समाज से लुप्त होती संवेदनाओं की झलक है और 'नशा' में परिस्थितिजन्य समझ के कारण बदलते रिश्तों की को उकेरा गया है। इसी प्रकार 'एक और यक्ष प्रश्न' में लेखक ने समाज की निर्मम अवसरवादी सोच पर प्रश्न खड़े करते हुए समाधान की कथा लिखी है। 'उत्सर्ग' में नए राज्यों के गठन के बाद गरीबों की उम्मीदों को कथारूप में ढाला गया है। 'संपत्ति', 'नीयत' तथा 'बड़ी सीख' पारिवारिक एवं सामाजिक दायित्वों के निबाह की चेतना जगाने की सोच लिए लीक से हट कर कहानियाँ हैं।

संक्षेप में यह भी कह सकते हैं कि डॉ. निशंक की रचनाओं में निराशा का दमघोटू अन्धकार नहीं मिलता बल्कि एक अंधेरी सुरंग के पार दीखता प्रकाश नजर आता है। जीवन में निरंतर कर्म करने और निराशा से लड़ने का हौसला मिलता है।

इस कहानी संग्रह को पढ़ने के बाद अपनी सलाह और प्रतिक्रिया हमको भेजना न भूलें, इससे हमको आपकी रूचि की अन्य पुस्तकें प्रस्तुत करने की भी प्रेरणा मिलेगी।

—नरेन्द्र कुमार वर्मा

विषय सूची

1

बस एक ही इच्छा

उसका भोला-भाला चेहरा न जाने क्यों मुझे बार-बार अपनी ओर आकर्षित किये जा रहा था। उसने मेरा सूटकेस पकड़ा और कमरे की ओर चल दिया। कमरे से सम्बंधित सभी जानकारी देने के बाद वह बोला 'अच्छा बाबू जी ! मैं चलूं? मेरी स्वीकृति के बाद वह लौट गया।

उसका शांत चेहरा किसी मजबूरी का अहसास करा रहा था। हाथ मुंह धोने के उपरान्त मैंने चाय के लिए घण्टी बजाई। दरवाजा बन्द था। आहट पाकर मैंने दरवाजा खोला तो देखा वही लड़का आकर खड़ा है।

मैं उसके चेहरे को देखकर भूल ही गया कि किस कार्य के लिये मैंने उसे बुलाया है।

'बाबू जी कहिए?' उसने पूछा।

थोड़ी देर चुप रहने के बाद मुझे याद आई।

'हां, नाश्ते में क्या मिल पायेगा?'

'आप जो चाहें।'

उसने किसी टेपरिकार्डर की तरह अनेकों चीजों के नाम गिना डाले, फिर पूछा 'बताइये क्या लाऊं?

मैंने उससे डबल रोटी-मक्खन और साथ में चाय लाने को कहा। एक बार इच्छ हुई कि इसके बारे में कुछ पूछूं, किन्तु हिम्मत न हुई। न जाने क्या सोचेगा वह कि अभी-अभी तो आया है और आते ही नाम-पता पूछना शुरू कर दिया है।

थोड़ी ही देर बाद नाश्ते की ट्रे लिये फिर वही आ गया, और मेज पर रखते हुये 'और कुछ चाहिये साहब' कह कर उत्तर की प्रतीक्षा में खड़ा हो गया।

'नहीं, कुछ नहीं। तुम भी लो हमारे साथ।'

नाश्ता करने के पश्चात मैं अपने काम के लिये निकल गया।

वह धीरे से मुस्कुराया और धन्यवाद कहते हुए चला गया।

दिन भर व्यस्त रहने के बाद जब सांय को लौटा तो कुछ होटलकर्मियों के साथ उसको गेट पर खड़ा पाया। मेरे कमरे में पहुंचते ही वह भी कमरे में चला आया और बड़ी आम्मीयता से पूछने लगा–

'बाबू जी, खाना खाया या नहीं? लगता है आज दिन भर आप व्यस्त रहे?'

इतनी आत्मीयता से पूछने पर मैंने भी उसे अपनी व्यवस्तता बताते हुये कहा– 'इतना समय ही नहीं था कि खाना खाने के लिये कहीं बैठ पाता।'

वह खड़ा-खड़ा एक गहरी सोच में डूब गया था और मैं मन ही मन सोचने लगा कि 'आखिर इसे कैसे पता चला कि मैंने खाना नहीं खाया। इसने ऐसा प्रश्न क्यों किया? होटल में हजारों लोग आते हैं, क्या सभी से पूछते हैं ये लोग? नहीं ! नहीं !! क्या मतलब है इनको इन सब बातों से? ये तो नौकर हैं इन्हें ही क्या मालिक को भी क्या पड़ी है? उसे तो बस किराये से मतलब है।' तभी मेरी दृष्टि उस पर पड़ी तो देखा वह अभी तक किसी गहरी सोच में जहां का तहां खड़ा था। मैंने साहस जुटाकर उससे पूछ ही लिया–

'क्या नाम है तुम्हारा?'

'जी......विक्रम.........'

मैं कुछ और पूछना चाहता था कि नीचे से घण्टी बजते ही विक्रम हड़बड़ा कर बोला–

'बाबू जी अभी थोड़ी देर बाद आऊंगा,' और वह तेजी से चल दिया।

इस बार वह देर से आया और मैं भी तब तक उसकी प्रतीक्षा में बैठा रहा। उसके आते ही मैंने उससे पूछा–

'घर कहां है तुम्हारा ?'

'बाबू जी! पिथौरागढ़।'

'कब से हो यहां?

'जी पूरे तीन साल हो गये।'

'कहां तक पढ़े हो?'

'आठ पास किया है बस, बाबू जी।'

'यहां किसके साथ आये?'

'हमारे यहां का एक लड़का है उसी के साथ आया बाबू जी, कहता था कि कहीं अच्छी नौकरी लगा दूंगा किन्तु तब से बस यहीं पड़ा हूं।'

कितना पैसा मिलता है?

'जी, तीन सौ रूपया।'

'तो फिर बुराई क्या है? अच्छा खाना-पीना और तीन सौ रूपया मिल जाता है।'

'नहीं बाबू जी ! रात-दिन मेनहत करने के बाद सूखी तनख्वाह तीन सौ रूपया मिलते हैं, अब आप ही बताइये कि कैसे गुजारा होगा?'

'आठ के बाद पढ़ाई क्यों छोड़ी?'

'बाबू जी मेरे पिता जी खेती का काम करते हैं, मुझे आगे बढ़ाने की उनकी हिम्मत नहीं थी। एक साल घर में खाली रहा। बहुत हाथ-पैर मारे काम की तलाश में, किन्तु कुछ न मिला। हम चार भाई बहन हैं। एक बहिन बड़ी है उसकी अभी तक शादी भी नहीं हुई। कितनी कोशिश करते हैं परन्तु गरीब लोग हैं न, कौन पसन्द करता है गरीब की बेटी को ? दो भाई मुझसे छोटे हैं, स्कूल पढ़ने जाते हैं। पिता जी की इच्छा थी कि मैं किसी अच्छी नौकरी में लग जाऊं और कुछ पैसा कमाकर बहिन की शादी करवा दूं। उन्हें क्या पता कि मैं यहां किस स्थिति में हूं। वे तो हर बार यही लिखते हैं कि तुमने इस महिने इतना कम मनिआर्डर क्यों भेजा?' वह कुछ क्षण के लिये रूका और छत की ओर निहारते हुये बोला।

'बाबू जी तीन साल से मैंने अपने भाई बहिनों को नहीं देखा।' उसका गला रूंध गया था और आंखों से आंसू छलक आए थे।

'गांव गये ही नहीं ?'

'नहीं बाबू जी ! जाता भी कैसे ? पहनने के लिये कपड़े ही नहीं हैं, जितनी तनख्वाह मिलती है मनिआर्डर कर देता हूं। यदि गांव गया तो अपने लिये कपड़े बनवाने पड़ेंगे साथ ही कुछ सामान भी खरीदना पड़ेगा। फिर आने-जाने का किराया भी तो चाहिये। दो महीने की तनख्वाह ऐसे ही चली जायेगी तो छोटे भाइयों की फीस का क्या होगा? छुट्टी जाऊंगा तो उतने दिनों के पैसे भी कट जायेंगे। बस यही सोच कर नहीं जा पाता हूं। वह बेचारगी के साथ बोला।

'घर में भी तो याद करते होंगे तुम्हें?'

'खूब याद करते हैं। चिट्ठी लिखते हैं कि घर आओ और मैं भी लिख देता हूं कि अगले महीने तक आऊंगा, परन्तु तीन साल से वह दिन नहीं आया जब अपने गांव जाकर अपने भाई-बहिनों को गले लगा सकूं। बहुत मन होता है बाबू जी, भाई-बहिनों को देखने का, किन्तु अपना ही देश मेरे लिये परदेश हो गया है।

उसने दोनों हाथों से अपने आंसू पोंछे और दीवार की ओर मुंह करके खड़ा हो गया।

'आगे पढ़ने की इच्छा नहीं होती ?' मैंने दुःखी होते हुये पूछा?

वह सिसकियां भरते हुए कहने लगा–'हम अभागों की किस्मत में कहां है लिखना-पढ़ना बाबू जी ! पढ़ना तो बहुत चाहता था, पिता जी ने आते समय कहा कि 'बर्तन मांजकर ही लोग बड़े-बड़े साहब बने हैं', किन्तु वे भी तो तभी बने होंगे जब थोड़ा बहुत उन्हें पढ़ने का मौका मिला होगा। चौबीस घण्टे की नौकरी हैं सांस लेने तक की फुर्सत नहीं, काम करते-करते बदन टूट जाता है। मन करता है कि थोड़ा सा आराम मिल जाता परन्तु वह भी नसीब नहीं, ऐसे में पढ़ने की बात सोचना...।' बात को अधूरी छोड़ कर वह कुछ देर चुप रहा मैं भी कुछ नहीं बोल पाया।

थोड़ी ही देर बाद उसके चेहरे का पूरा भाव बदल गया था, बड़े आत्मविश्वास के साथ बोला–'बाबू जी मेरी तो बस एक ही इच्छा है कि चाहे मैं जिस हाल में भी रहूं किन्तु अपने भाइयों को खूब पढ़ाऊंगा। इतना पढ़ाऊंगा कि वे एक दिन बहुत बड़े साहब बन जायें। चाहे मुझे कुछ न दें। मेरा क्या है आधी जिन्दगी भाइयों की लिखाई-पढ़ाई में गुजर जायेगी। उसके बाद कोई चिन्ता नहीं।'

इतने में फिर घण्टी कि आवाज आयी।

'बाबू जी माफ करना, अपना समझ कर आपसे न जाने क्या-क्या कह बैठा। आप भी सोचेंगे कैसा पागल लड़का है। रजिस्टर में आपका नाम 'पोखरियाल' पढ़कर मुझे लगा, आप भी पहाड़ के हैं नहीं तो........।

कभी मेरे लायक कोई सेवा हो तो याद अवश्य करना बाबू जी।' कहकर वह तेजी से चल दिया।

मेरी फिर उससे दुबारा मुलाकात नहीं हो पाई। दो साल बाद मैं फिर उसी होटल में रूका था उसके बारे में पूछा था तो पता चला कि वह कुछ समय पहले कहीं और नौकरी करने चला गया, आज कई साल बती गये हैं।

तब से आज तक वह मासूम चेहरा मेरे स्मृति पटल पर ज्यों का त्यों अंकित है, जिसे मैं चाहकर भी नहीं भुला पा रहा हूं। ●

2

नई जिन्दगी

हमेशा की भांति आज भी वह छड़ी लिए अपनी ही धुन में सवार उस सड़क पर चलते-चलते बहुत दूर निकल गया था। प्रातःकाल की इस सुनहरी बेला में चिड़ियों का चहचहाना नव प्रभात का सन्देश दे रहा था। सामने की ओर बर्फ से आच्छादित पहाड़ियां अत्यधिक मनमोहक लग रही थी। मन्द-मन्द चल रहे पवन के झोंको से जहां आनन्द की अनुभूति हो रही थी, वहीं गरम कपड़ों से पूरी तरह ढके अंग-प्रत्यंग में भी एक सिहरन सी दौड़ जाती थी। मौसम खराब होने के साथ-साथ आस-पास की सारी पहाड़ियां बर्फ से पूरी ढक सी गई थी। अन्य दिनों की अपेक्षा आज नदी का प्रवाह भी बढ़ गया था।

यूं तो इस नदी को वह नित्य प्रति देखता था, किन्तु आज इस नदी को अनवरत देखते ही रहने की उसकी न जाने क्यों प्रबल इच्छा हो रही थी।

तीव्र वेग से बहता नदी का जल उसे अपनी ओर खींचे जा रहा था। उसके हृदय में एकाएक अनेक भाव तरंगों की भांति उठते और फिर शान्त हो जाते। वह सोच में डूब गया–

'मैं जब भी घूमने आया, जब भी मैंने इसे देखा यह नदी इसी भांति अनवरत वेग से बहती दिखाई दी। शायद इसे किसी लक्ष्य तक पहुंचने की जल्दी है। लेकिन इसका वह लक्ष्य क्या हो सकता है? नदी के जल का भी लक्ष्य होने लगा? हा ! हा ! हा!' वह अपने ही प्रश्न पर पागलों की तरह अट्टहास करने लगा। फिर कुछ देर शान्त हो जाने के बाद उसकी अन्तरात्मा में जैसे एक आवाज आई – 'यह नदी श्रेष्ठ है, बहुत श्रेष्ठ ।'

अहर्निश अनवरत गति से चट्टानों और पहाड़ों से टकराती हुई भी यह अपने लक्ष्य की ओर अबाध गति से बढ़ती रहती है। सर्वजन हिताय निरन्तर बहती हुई यह पल भर भी विश्राम नहीं करती। बिजली के उत्पादन का लक्ष्य

हो या सिंचाई का, मनुष्य मात्र के जीवन का प्रश्न हो अथवा समस्त प्राणी जगत के जीवन का, यह परोपकारी नदी सभी को जीवन दान दे रही है।

यह कहीं भटकते प्राणी को शक्ति प्रदान करती है, तो कहीं प्यासों की प्यास बुझाती है। इसके लिए अमीर-गरीब, छूत-अछूत में किसी प्रकार का कोई भेद नहीं। इस जल को अमृत समझ, चाहे इसका पान करो अथवा इससे कलुषादि के पर्माजन का कार्य, इसके लिए ऊंच-नीच का कोई भेदभाव है ही नहीं। यह तो सर्वथा परहित में निहित है। वास्तव में यह महान है। बहुत महान ! श्रद्धा से उसका हृदय गदगद हो उठा वह अन्तःकरण से सिर झुकाकर नदी को प्रणाम करने लगा।

ज्यों ही उसने दृष्टि उठाई कि अचानक उसकी नजर स्थिर हो गई। उसकी विचार तन्द्रा टूटी। उसने देखा कि सड़क के किनारे एक अर्द्धनग्नावस्था में कोई व्यक्ति सिकुड़ा-सिमटा सा बैठा है। पास ही राख का एक ढेर था। ऐसा लगा जैसे इस सर्दी में उसने रात आग के सहारे काटी हो।

दुष्यन्त अवाक् ज्यों का त्यों खड़ा वहीं खो गया था। वह कभी नदी की ओर देखता तो कभी उस व्यक्ति की ओर। उसकी इस दुर्दशा को देख वह तड़फ सा उठा। शायद जीवन में आज पहली बार उसे इतनी पीड़ा का अनुभव हो रहा था। सर्दी से ठिठुरते इस व्यक्ति की पीड़ा उससे देखी न गई। उसने सिर हिला कर आंखें बन्द कर ली।

दुष्यन्त बड़ी तेजी से उसकी ओर बढ़ा। आवाज दी, किन्तु मानों उसने कुछ सुना ही न हो। उसने अपना सिर तक न उठाया।

दुष्यन्त ने पास जाकर दोनों हाथों से उसके माथे को ऊपर किया वह कुछ देर तक एकटक दुष्यन्त की ओर देखता रहा और फिर पूर्ववत घुटनों पर सिर रख दोनों हाथों से कसकर घुटनों को पकड़े बैठ गया।

उसकी यह दशा दुष्यन्त से देखी न गयी। दुष्यन्त की वेदना बढ़ती चली गई। कुछ देर इन्तजार के बाद उसने अपने हाथों से फिर उसका सिर ऊपर उठा लिया। सिर उठाते ही देखता है कि उसकी आंखों में आंसुओं की बाढ़ सी आ गई। उसका सारा चेहरा आंसुओं से तर हो गया था।

दुष्यन्त ने जेब से रूमाल निकाला और उसके आंसू पोंछने लगा, थोड़ी ही देर में पास रखी बोरी हिली तो दुष्यन्त चौंक उठा—

'यह क्या है?'

सिसकता हुआ वह व्यक्ति बोला, 'मालिक अभागा लड़का है।'

'लड़का है? और यह दूसरी बोरी?' दुष्यन्त ने अचम्भित होकर पूछा।

'अभागिन लड़की है मालिक।'

दुष्यन्त के आश्चर्य का ठिकाना न रहा। वह जैसे पत्थर का हो गया था। अगले ही क्षण उसकी आंखें आंसुओं से डबडबा गयी।

'तुम और बच्चों को साथ लेकर यहां?'

'मजदूरी तलाश करता आया हूं मालिक।'

'आज तक क्या करते थे?'

'सरकारी नौकरी पर था कलर्क, सब कुछ बर्बाद हो गया।'

'पत्नी कहां है?'

'साहब औरत ने ही तो बर्बाद किया है मुझे। न वो बीमार पड़ती न मैं अपना सब कुछ बेचता और न ही नौकरी से हाथ धोना पड़ता। फिर भी कुछ हाथ न लगा, न पत्नी न जमीन जायदाद। पहले तो जमीन-जायदाद ही कितनी थी, फिर भी इतनी तो थी ही कि इन अभागो का पेट तो पाल ही सकता था। रहने के लिए एक झोपड़ी थी किन्तु सब कुछ लुट गया। ईश्वर न जाने कैसी परीक्षा ले रहा है?' कहकर पुन: उसकी आंखें डबडबा आईं।

'एक हथौड़ा सा पड़ा दुष्यन्त की चेतना पर। ईश्वर सचमुच परीक्षा लेता है। आज वह मौज-मस्ती में जी रहा है। कल कौन जाने वह भी सड़क पर. ....।

उसे लगा जैसे वह स्वयं ही सड़क पर दो-दो बच्चों के साथ पड़ा हो और इस पीड़ा को स्वयं ही झेल रहा हो।

'तुमने इन बच्चों को अनाथाश्रम में क्यों नहीं डाल दिया, कुछ तो देख-रेख होती इनकी?'

'साहब जीते-जी कैसे इनको अनाथ बनाऊं? कई बार सोचा किन्तु मन ने गवाही नहीं दी। कुछ लोगों ने कहा कि सरकार इस समय गरीबों को मदद दे रही हे। हाथ जोड़-जोड़कर थक गया, कई अर्जियां लिखी परन्तु सरकार के कानों में जूं तक न रेंगी। अब आप ही बताइये कि इस संसार में मुझ बदकिस्मत से भी बढ़कर कौन गरीब होगा? सरकार पर तो तनिक भी मुझे अब विश्वास नहीं रहा।'

'लेकिन ऐसी स्थिति में कब तक रहोगे?'

'साहब झेल रहा हूं। जिस दिन बिल्कुल ही हाथ-पांव काम करने बन्द कर देंगे, इन अभागो को लेकर इस नदी में कूद जाऊंगा। कोई सहायता नहीं करेगा मेरी, किन्तु यह नदी जरूर सहायता करेगी। इस पर मेरा पूरा विश्वास है।'

अपने कठोर जीवन में दुष्यन्त पहली बार इतना भावुक हुआ था, जब हर बात पर उसकी आंखों में आंसू छलक आये। वह रह-रह कर अपने को कोसने लगा।

किसी के पास तो न खाने को अन्न का एक दाना है और न तन ढकने के लिए कपड़े का टुकड़ा। न सिर छिपाने को किसी छत का सहारा है, और न जीवनयापन करने हेतु कोई आजीविका है। किसी तरह जिन्दगी जी रहे हैं लोग, और एक मैं हूं जिसे दिन भर जुआ खेलने और शराब पीने से फुर्सत नहीं, यों ही अपनी जिन्दगी भर की कमाई ऐशो-आराम में बर्बाद कर दी है मैंने। मैं कितना गिरा हुआ इन्सान हूं। अपनी इन बुरी आदतों के कारण ही मुझे अपनी योग्य और देवी जैसी पत्नी से भी हाथ धोने पड़े। पास-पड़ोसी, सगे-सम्बन्धी सभी खो दिये मैंने, सब मुझे घृणा की दृष्टि से देखते हैं। क्यों न देखें? घृणित हरकत जो करता हूं। मुझ जैसे घृणित व्यक्ति के जीने का क्या धिक्कार है।' दुष्यन्त को जैसे स्वयं से भी घृणा होने लगी थी।

दुष्यन्त एक उच्च अधिकारी पद से सेवानिवृत्त हुआ था। पैसे की कोई कमी नहीं थी किन्तु वह जरूरत से ज्यादा लालची था। उसकी कोई सन्तान नहीं थी फिर भी सदैव धन दौलत इकट्ठा करने में जुटा रहता था। सभी उसके इस स्वभाव से बहुत दुःखी थे।

इसी लालचीपन और दुर्गुणों के कारण पत्नी से उसकी एक न बनती थी। जब तक दुष्यन्त नौकरी पर रहा, पत्नी को कुछ राहत थी, किन्तु पेन्शन आ जाने के बाद चौबीसों घण्टे शराब में धुत्त व अनाप-शनाप बकता रहता था। पत्नी को एक-एक क्षण गुजारना दूभर हो गया था। सन्तान के अभाव से दुःखी व दुष्यन्त के चिड़चिड़े स्वभाव से परेशान होकर आखिर एक दिन उसने आत्महत्या कर ली।

दुष्यन्त अकेला रह गया था। अब तो वह और भी विक्षिप्त सा हो गया था। नौकर भी उसकी आदत के कारण दूसरे ही दिन भाग जाते थे। उसके उग्र स्वभाव और विक्षिप्त मानसिकता के कारण कोई उसके पास ठहरता ही न था। मजबूर होकर उसने होटल में खाना शुरू कर दिया था। दिन भर इधर-उधर टहलता और बाकी वक्त होटल में शराब पीने व जुआ खेलने में गुजारता, घर तक जाना भी उसने छोड़ दिया था। रह भी क्या गया था उस खाली-खाली इतने बड़े मकान में ? वह तो उसे खाने को दौड़ता था।

सारी कमाई अब धीरे-धीरे समाप्त होती जा रही थी। इस तरह अब उसका पेन्शन से भी गुजारा नहीं हो रहा था और इस वृद्धावस्था में उसे एक घूंट पानी का भी सहारा न था, यही सोचकर वह कभी व्याकुल हो उठता था।

वह उस मजदूर को बड़े गौर से देर तक देखता रहा। जवान होने पर भी भूख और परिस्थितियों का मारा वह बूढ़ा हो चला था।

दुष्यन्त ने उसका नाम पूछा- 'अमीरदास'

'अमीरदास' सुनकर उसे हंसी आयी, उसके शहर में एक बहुत बड़ा सेठ था, जिसका नाम गरीबदास था।

'ईश्वर की भी क्या लीला है। गरीबदास को भरपूर सुख-समृद्धि दी और अमीरदास को कंगाल बना दिया। उसने धीरे से बोरियों से ढके इन बच्चों को देखा। गोरे-चिट्टे किन्तु दरिद्रता और भूख की महामारी ने इन मासूम चेहरों को झुलसा दिया था। बच्चों को देखते ही उसके हृदय में वात्सल्य जाग उठा। उसने दोनों बच्चों को बांहों में सिमेटकर सीने से लगा लिया।

अमीरदास का हाथ पकड़ कर बोला, 'तुम्हारी कहीं ठौर-ठिकाना नहीं तो तुम मेरे साथ चलो भाई। मेरा बहुत बड़ा मकान यूं ही निर्जन पड़ा है, तुम बच्चों सहित वहीं मेरे साथ रहना।'

अमीरदास को इतनी आत्मीयता से भरे शब्द जीवन में पहली बार सुनाई दिये थे। उसे अपने कानों पर विश्वास ही नहीं हो रहा था। एकटक वह दुष्यन्त के चेहरे की तरफ देखने लगा मानों अपने सुने की पुष्टि करना चाहता हो। ''हाँ....हाँ, तुम मेरे साथ चलो मेरे घर'' दुष्यन्त पुनः बोला। उसे दुष्यन्त के रूप में साक्षात ईश्वर नजर आया और उसने बच्चों सहित दुष्यन्त के घर जाना सहर्ष मंजूर कर लिया।

जंगल सा वीरान दुष्यन्त का ये घर बच्चों के आने से खुशियों से भर गया। दुष्यन्त ने सार घर अमीरदास को सौंपते हुए कहा-

'भाई ये सब कुछ तुम्हारा है, अब जैसा चाहो इस घर को सजाओ-संवारों, ये जिम्मेदारी अब तुम्हारी है, सिर्फ तुम्हारी।'

दुष्यन्त ने घर आकर दूसरे ही दिन बच्चों को विद्यालय में भर्ती कर दिया। दुष्यन्त के जीवन में एकाएक तमाम परिवर्तन आने लगे। होटल में जाना बन्द हो गया था। शराब ही नहीं, बीड़ी-सिगरेट तक बन्द हो गई थी।

बच्चों की खुशी का ठिकाना न था, उन्हें तो जैसे नयी जिन्दगी मिल गयी थी। मजदूरी करती उनकी बीमार मां ने तो उनके जन्म के कुछ समय बाद ही दम तोड़ दिया था।

अमीरदास को लगा कि ईश्वर के रूप में उसे दुष्यन्त मिल तो गया, और किसी प्रकार की कोई कमी थी नहीं है उसके बच्चों को, किन्तु घर में काम-काज ही क्या हैं जो दिन भर उन्हीं में लगा रहूं, उसने पूरी तरह ठान लिया था कि वह दुष्यन्त को समझा-बुझाकर कहीं भी छोटी-मोटी नौकरी कर लिया करेगा।

अमीरदास की भावनाओं की कद्र करते हुए दुष्यन्त ने उसे अपने ही विभाग में सरकारी नौकरी पर लगा दिया था।

घर का सारा काम-काज निपटाकर अमीरदास नौकरी पर जाता और सांयकाल घर लौटकर सारा काम करता। इससे पहले वह जब-तब अपने मनुष्य योनी में जन्म लेने को कोसता रहता था, किन्तु अब वह पूरी तरह से संतुष्ट था। जीवन में किसी और खुशी की चाह अब उसे न थी।

दुष्यन्त को देखकर सारा शहर बड़ा आश्चर्य करता था। जो दुष्यन्त अपनी पत्नी को भी कोई सुख न दे सका, वही आज दूसरों के बच्चों को कन्धो पर लिए घूमता-फिरता था। इन बच्चों में तो वह जैसे अपने आपको भी भूल गया था।

दुष्यन्त का यह बदला रूप वास्तव में देखने लायक हो गया था। उसके चेहरे का तनाव, उसका उग्र रूप, उसका कटु व्यवहार सब न जाने कहां लोप हो गये थे। सबको विस्मय था कि जीवन भर से पाले ढेर सारे दुर्व्यसनों को दुष्यन्त ने एक ही झटके में छोड़ डाला। लोग उससे स्नेह करने लगे थे। दुष्यन्त में आये इस परिवर्तन से लोग बहुत खुश थे।

आज दुष्यन्त के चारों ओर खुशियां बिखरी थी। सारी दुनिया जैसे उसे अपनी ही लगती थी और इस दुनिया के वे सभी लोग जो कभी उसे बहुत बुरे लगते थे, आज उसे अपने लगने लगे थे। आज उसे सिर्फ एक ही पीड़ा थी कि उसकी पत्नी नहीं हैं। पत्नी होती तो कितनी प्रसन्न होती, किन्तु उसके दुर्व्यसनों ने उससे उसकी पत्नी को छीन लिया। वह फिर मन को तसल्ली देता- 'शायद ईश्वर सचमुच परीक्षा लेता है। वह दुर्व्यसनी न होता तो उसे बुरे दिन न देखने पड़ते, पत्नी को न खोना पड़ता, सारी दुनिया का बुरा न बनना पड़ता, किन्तु अब इस सबके प्रयाश्चित के लिए ईश्वर ने शायद इन बच्चों को उसके पास भेजा है, यही सोचकर वह निःश्छल मन से इन बच्चों की सेवा में जुट गया था।   ●

3

राधा

राधा का जवाब सुनते ही राघव का चेहरा तमतमा गया।

'क्यों? आखिर क्यों ! तुम नहीं जानती तो और कौन जानता है?

'कौन है वह जिससे मैं पूछने जाऊं? जब भी मैंने तुमसे पूछा, तुमने हमेशा ही उल्टा जबाव दिया।'

'जो तुम्हारी इच्छा हो करो, मैं नहीं जानती।'

'अरे मुझे अपनी ही करनी होती तो मैं पागलों की भांति तुम्हें क्यों पूछता फिरता?'

राधा के व्यवहार ने राघव के अन्तर्मन में एक तूफान खड़ा कर दिया था।

'ओह ! मुझे नहीं था मालूम कि ये वर्षों बाद भी मेरी आशाओं पर पानी फेरेगी। ये मेरी सारी कल्पनाओं के महल को ही ढहा देगी, किसे मालूम था?'

वह कमरे में इधर से उधर चक्कर पर चक्कर काटने लगा फिर झुझलाते हुए बोला–

'सुनो राधा ! आज तक मैं तुम्हारी हर बात मानता रहा, मैंने हमेशा ही कोशिश की कि तुम्हें तनिक भी पीड़ा न पहुंचे। मैंने आज तक सभी अच्छी-बुरी बातों को दिल में दबाये रखा, सिर्फ इसलिए कि तुम आज नहीं तो कल अवश्य इस बात को समझोगी पर तुमने कभी मुझे समझने की कोशिश नहीं की।'

वह गुस्से में तेजी से बाहर निकल गया– 'राधा अब यह बात हरगिज नहीं होगी। यह तुम निश्चत समझ लो।'

राधा भी तेवर चढ़ाते बोली–

'तो तुम्हारी मनमर्जी नहीं चलेगी, यह भी तुम लिख लो।'

राधा के उल्टे-सीधे जबाव सुनकर एक बार तो राघव के तन–मन में आग

लग गयी किन्तु किसी प्रकार अपना गुस्सा शान्त कर वह राधा के पास आकर उसे समझाने लगा–

'अरे पगली ! तुम समझती क्यों नहीं कि परिवार की छोटी-छोटी बातें भी बाहर बंतगड़ बन जाती हैं। लोग तो इस ताक में रहते हैं कि कब किस परिवार की कमजोर नस उनके हाथ में आये और वे उसे तमाशा बना सकें, तुम्हें मालूम है कि आज लोग कुछ भी कहने में नहीं चूकते। तरह-तरह की बातें करते फिरते हैं।'

राधा रोने लगी और सिसकते हुए बोली–

'क्यों नहीं करते होंगे लोग तरह-तरह की बातें? तुमने तो हमेशा ही मुझे लोगों के बीच बदनाम करने की कोशिश की। लोग सोचते हैं कि मैं ही बुरी हूं, तुम तो सबके लिए भले बन जाते हो।'

'राधा तुम फिर मुझे गलत समझ रही हो।'

'गलत नहीं मैं बिल्कुल सही समझ रही हूं, तुम मर्दों का काम ही औरत को बदनाम करना होता है।'

और फिर चिड़चिड़ाते हुए बोली–

'मैंने पहले ही कह दिया था तुम्हें जो करना हो कर लो, मुझे कुछ नहीं कहना।'

'राधा कुछ ठण्डे दिमाग से तो सोचो।'

'सोच लिया मैंने बहुत।'

'तुम सोचती तो इस तरह बोलती ही नहीं, तुम्हें थोड़ा भी महसूस नहीं होता कि सब कुछ होते हुए भी छोटा भाई अनाथों की तरह और मां बेसहारों की तरह दिन गुजार रही हैं?'

राघव बड़े शान्त भाव से राधा को समझाता रहा लेकिन राधा थी जो कुछ भी सुनने को तैयार न थी। बोली–

'कौन से हम ठाट कर रहे हैं यहां? मैं भी तो घर के सारे काम कर-करके मर रही हूं, इसमें भी कहाँ चैन है तुम्हें? और ऊपर से माँ और भाई को लाने की जिद्द ठाने हो।'

'राधा ! मैं तुम्हारी तरह जिद्दी होता तो..।'

'तो क्या कर लेते तुम?'

'बहुत कुछ कर लेता, वह भी कर लेता जो तुमने कभी सोचा तक न होता। अरे लोग तो परायों को भी सहारा देते हैं, फिर वह तो हमारी माँ है माँ! पर एक तुम हो जो..।' वह कहते-कहते उसकी आँखे नम हो गई, अतीत के एक-एक क्षण उसके मन मस्तिष्क में चलचित्र की तरह उभरते चले गये।

.....जैसे-तैसे लिखाया पढ़ाया था माँ ने उसे। आठ तक पढ़ाना भी तो माँ की हिम्मत से बाहर की बात थी, फिर भी किसी तरह स्कूल भेजती रही। राघव को आज भी वे दिन याद हैं जब माँ को फीस की खातिर लोगों के खेतों में मजदूरी करनी पड़ती थी। एक तो मजदूरी करना और ऊपर से लोग तरह-तरह के ताने मारते थे। अपनी फूटी किस्मत पर उसने हमेशा चुपचाप आंसू बहाने के सिवाय किसी को कुछ नहीं कहा।

अतीत से वर्तमान में पहुंचते ही उसका ध्यान राधा पर केन्द्रित हो गया। सभी गुणों से सम्पन्न होने पर भी राधा उसे कभी-कभी नितान्त खोखली नजर आने लगी थी। बेहद प्यार करने वाली राधा उसे यकायक कोसों दूर नजर आने लगी। वह अपने ही अन्दर अनेकानेक प्रश्नों के बीच घिर गया। उसे लगा कि उसकी और राधा की सोच में दिन-प्रतिदिन दूरी बढ़ती जा रही है।

राघव ने गरीबी को अधिक निकटता से देखा था। वह नितान्त अभावों में पला था, जबकि ठीक इसके विपरीत राधा ने कभी अभावों का मुंह तक न देखा था। इसलिए तो राधा की बातें उसे कई बार हीनता की चारदीवारी में धकेल देती थी।

अब जब भी उसे माँ और भाई की याद आती उसका शरीर कांप उठता, अंग-प्रत्यंग शिथिल हो जाते। वह असीम वेदनाओं के बीच घिर जाता।

दूसरे ही दिन वह जल्दी तैयार होकर अपनी नौकरी पर चल दिया। पर वहां भी उसका मन अशान्त रहा। वह अपनी ही उलझनों के बीच अपने को असहाय महसूस करने लगा। सिर पकड़े वह घण्टों गुजार देता था। सिर्फ इसी सोच में कि वह राधा को कैसे समझाये।

वह इस बात को भी जानता था कि यदि वह राधा की तरह जिद्दी हो गया तो यह छोटा सा परिवार एक होने की बजाय और छिन्न-भिन्न हो जायेगा। और उसका जीवन सदैव के लिए नरक बन जायेगा।

उधर माँ की चिन्ता भी उसे खाये जा रही थी। उठते-बैठते, खाते-पीते हर समय उसे गाँव में उपेक्षित छोटे भाई का भविष्य अन्धकारमय नजर आता। वह भाई को साथ लेकर शहर के किसी स्कूल में भर्ती करना चाहता था, किन्तु यह राधा की इच्छा के बिना कहां सम्भव था।

वह पेशोपेश में पड़ा रहा कि यदि वह जबरदस्ती भाई को ले भी आता है, और जैसा कि यह सब राधा नहीं चाहती है, ऐसी स्थिति में घर में तनाव अलग होगा और मैंने गुस्से में कभी कुछ कर बोल दिया तो लेने के देने पड़ जायेंगे। पता चला कि अच्छा खासा परिवार बर्बाद हो गया।

उसे लगा जैसे उसकी सारी सोच व्यर्थ होती जा रही है। उसकी चिन्ता

चिता में कभी भी बदल सकती है, जिसमें वह घुट-घुट कर कभी भी जलकर राख हो सकता है। वह भयभीत हो उठा। वह जीते-जी मरने के लिये नहीं बल्कि जीने के लिए जी रहा था।

दिनभर राघव तनाव से गुजरता रहा। इधर राधा भी कम परेशान न थी, क्योंकि आज राघव पहली बार उससे इतना बोला था। जब राघव देर रात तक भी घर नहीं लौटा तो राधा की चिन्ता और बढ़ने लगी। चाहे पति-पत्नी का कितना ही झगड़ा क्यों न हुआ होगा किन्तु राघव ने कभी इतनी देर नहीं की थी। आज तो वह बिना नाश्ता किए, बिना कुछ खाये-पिये ही घर से निकल पड़ा था।

जैसे-जैसे समय बढ़ता गया, राधा की बेचैनी शिखर छूने लगी। अन्दर-बाहर करती वह कितनी ही बार अड़ोस-पड़ोस में चली गई थी।

और अब जब राघव देर से घर पहुँचा तो आते ही बिस्तर पर लेट गया। राधा के खाना लाने के बाद भी तबियत खराब होने का बहाना बनाकर उसने खाना लौटा दिया। राधा की लाख कोशिशों के बाद भी उसने खाना नहीं खाया। राधा रोने लगी। रोते-रोते न जाने वह क्या-क्या नहीं बोल बैठी। राघव पहले तो राधा की बातें चुपचाप सुनता रहा और फिर जब बातें असह्य हो गई तो तिलमिला कर बोला-

'सुनो राधा! अच्छा हो कि तुम चुपचाप खाना खाकर सो जाओ।'

राधा चिल्लाते हुए बोली-

'मुझे खाना ही होता तो इतनी देर इन्तजार क्यों करती? एक तो इतनी देर से घर पहुँचो और फिर ऊपर से मुझ पर रौब डालो। अब मुझसे नहीं हो सकेगा इतना कि मैं तुम्हारे घर का काम भी सम्भालू और तुम्हारी बातें भी सुनूं।'

'इसीलिए तो कहता हूँ कि अब परिस्थितियां ऐसी ही आने वाली हैं। जब हम दोनों को एक दूसरे से अलग-अलग रहना पड़ सकता है। तब तुम्हें मेरे कामों से सदा के लिए मुक्ति मिल जायेगी।'

राघव की बात सुनकर राधा के पांवों तले जमीन खिसकने लगी। एक क्षण भी राघव से अलग होने की बात उसने सपने में भी नहीं सोची थी।

आंखों में आँसू लिए राधा भी बिना खाये ही लेट गई। किन्तु उसके मनोमस्तिष्क में राघव की बातें ज्वार-भाटे की तरह तेजी से उमड़ने-घुमड़ने लगी। कहीं सच में   ही...।

रात खुली नहीं थी कि राघव अपने सूटकेश में कपड़े ठूंसने लगा। जो भी कपड़ा हाथ में आता उसे सूटकेश में रख देता। राधा चौंकी-

'क्यों कहीं जाना है?'

'हां आज ही जाना है।'

'लेकिन ये अचानक....।'

'किसी मीटिंग में जाना है, काफी दिन लग सकते हैं।'

राधा बोली– 'आप आज नहीं जायेंगे।'

राघव तपाक से बोला–

'आज ही जाऊंगा और हर कीमत पर जाऊंगा। दस-बीस दिन भी लग सकते हैं आने में।'

दस बीस दिन सुनकर तो राधा और चौंक उठी। अवाक होकर बोली–

'लेकिन आज तक तो आप एक-दो दिन से अधिक कहीं रहे ही नहीं।'

राघव की मधुर वाणी आज कठोरता लिए हुए थी। कर्कश स्वर में बोला–

'आज तक नहीं रहा, अब रहना पड़ेगा। समय-समय की बात है।' कहते-कहते वह कपड़े पहनने लगा, राधा को बिल्कुल भी विश्वास न था कि राघव यों सचमुच ही चल देगा। लेकिन देखते ही देखते चंद ही क्षणों में राघव तैयार होकर घर से चल दिया।

राधा आक्रोश और पीड़ा से घिर गई, राघव को जाते देखकर वह मूक कुछ भी तो नहीं कह पाई थी। उसने कितनी जल्दी की थी चाय बनाने में, किन्तु राघव ने इस चाय को भी ठुकरा दिया था। राधा के दुःख की कोई सीमा न रही, आज तो राघव ने राधा की हर बात को ठुकरा दिया था।

राधा को अब एक-एक पल काटना दूभर हो गया था। सैकड़ों हित और अहित की सोच के बीच वह बहुत बुरी तरह उलझ गई।

आज पहली बार उसे स्थिर मन से अपने और राघव के बारे में सोचने के लिए विवश होना पड़ा था। आज उसे आत्म विश्लेषण का अच्छा मौका मिला था। घण्टो तक सोचने के बाद उसे लगा कि बात तो कुछ भी नहीं। सिर्फ भाई और मां को साथ रखने की बात है और फिर जिनके लिए राघव मुझसे दूर रहने को भी तैयार है वे हैं तो अपने ही, हमारा फर्ज बनता है उनकी चिन्ता करना। जब अपने ही अपने नहीं रहेंगे तो पराये क्या कद्र करेंगे। भाई को लिखाने-पढ़ाने की बात भी तो जायज है और फिर मां का हमारे सिवाय है भी कौन?

राधा को एकाएक किसी सफलता के मिल जाने की सी अनुभूति होने लगी। उसे लगा जैसे वह किसी घनघोर जंगल में भटक गई थी और अब उसे रास्ता मिल गया है।

अगले ही दिन राधा ने कुछ सामान खरीदा और गांव की ओर चल दी। कई घण्टो के सफर के पश्चात गांव के स्टेशन पर उतर कर लगभग चार कि0मी0 पैदल चलकर राधा रात पड़ने से पूर्व ही गांव पहुँच गई।

बहू को अचानक गांव में देखकर मां तो अचम्भित हो गई। जैसे ही राधा ने मां के चरण स्पर्श किये, 'रूको बहू ! रूको। ये आज सूरज किधर से उग आया मेरे लिए। मां तेजी से अन्दर गई और अपने पल्ले पर चावलों की पोटली बांधे पहले तो बहू को बहुत देर तक चूमती रही और फिर चारों दिशाओं में चावलों की वर्षा करने लगी। मां इतनी खुश थी कि बोलते-बोलते खुशी से उसका गला रूँद्ध गया था। आंखों में आंसुओं की धार रूकते नहीं बनती थी। आज उसे सारी दुनियां की खुशियां अपनी झोपड़ी के अन्दर समायी दिखती थी, लेकिन थोड़ी ही देर बाद जब उसका ध्यान राघव की ओर गया तो वह चौंक उठी–

'बहू तुम और अकेली ! मेरा रघू कहां है?'

माँ की घबराहट देखकर राधा तुरन्त बोली–

'वे बाहर अपने आफिस के किसी काम से गये हैं उन्हें अचानक एक मीटिंग में जाना पड़ा। जाने से पहले मुझे कह गये थे कि तुम माँ और भाई को गांव से शहर ले आना, सो मैं आप लोगों को लेने चली आयी।'

राधा की बात सुनकर मां ने कुछ धीरज बांधा। इधर चन्द ही क्षणों में हवा की तरह राधा के आने की बात गांव में फैल गई। सारा गांव एक हो गया। शादी के वर्षों बाद तो आज पहली बार वह गांव आ रही थी।

खाना-खाने के बाद देर रात तक मां राधा को तरह-तरह की बातें पूछती रही। हर पांच मिनट के बाद वह अपने रघू बे बारे में कुछ न कुछ अवश्य पूछ लेती। कब खाता है, नौकरी कब जाता है। वैसे ही कमजोर है? अब ठीक हो गया होगा न, सब्जी तो खाता ही नहीं, फिर खाने-पीने का भी तो ध्यान नहीं रखता, बड़ा लापरवाह है। और राधा भी मां के हर प्रश्न का सन्तोषजनक उत्तर देने की हर सम्भव कोशिश करती।

बातों-बातों में जब मां ने खेती-वाड़ी की बात कहकर साथ चलने से साफ इन्कार कर दिया तो राधा अपनी बात पर अड़ गयी।

'नहीं मां जी ! मैं तो हर हालत में आपको साथ लेकर जाऊँगी आपको चलना ही होगा, नहीं तो मैं भी यहीं गांव में आपके पास रहूँगी।'

'लेकिन मेरे रघू के खाने-पीने का क्या होगा?' माँ अपने राघव की चिन्ता में डूब गई।

'हमेशा से अकेला रहा वो, कोई सुख नहीं देखा उसने, बड़ी मुश्किल से उसने शादी की, कहां करना चाहता था वह शादी...।

नहीं-नहीं बहू उसका तो तुमको ही ध्यान रखना है....।'

'तभी तो कहती हूँ कि आप लोग भी साथ चलो। उनकी इच्छा है कि चार सदस्य तो परिवार के कुल हैं सभी साथ रहें। पास रह कर एक दूसरे के

दु:ख-सुख में काम न आयें तो क्या फायदा? किशोर को भी वहीं अच्छी स्कूल में भर्ती कर देंगे। ये तो स्कूल में बात करके भी आ गये हैं।'

और अन्त में राधा के इस आत्मीय व्यवहार ने मां को चलने के लिए बाध्य कर ही दिया। चौथे ही दिन वह मां और किशोर को लेकर देहरादून चली आई।

राघव पांच-छ: दिन बाद ही घर लौट आया। दूर से मां को घर पर देख कर उसे विश्वास ही नहीं हुआ। वह तेजी से आगे बढ़ा उसे अपनी आंखों पर भरोसा न हुआ। किन्तु जब बिल्कुल ही पास आकर उसने मां को देखा तो वह खुशी से उछल पड़ा और सामान वहीं छोड़ माँ पर लिपट पड़ा। कुछ देर बाद इधर-उधर झांकने के बाद जब उसे राधा नहीं दिखाई दी तो वह शंकित हो उठा।

'मां राधा कहाँ है?'

'बाजार गई है सामान लेने।'

'लेकिन सामान तो सब कुछ......।'

'हाँ ! हाँ सामान तो सभी कुछ था घर पर, लेकिन किशोर के लिए कुछ कपड़ों की बात कह रही थी इसीलिए उसको भी साथ लेकर गई है। मैंने तो मना कर दिया था कि बिना बात खर्चा कर रही है। अभी तो उसके पास कपड़े थे ही..।'

मां की बात सुनकर राघव की खुशी का ठिकाना न रहा। खुशी से उसकी आंखे नम हो आई।

'लेकिन मां तुम अचानक चली आई यहां। किसके साथ आयी? एक चिट्ठी ही डाल देती तो मैं चला, आता। कब से सोच रहा था कि तुम्हें अपने साथ रखूं। पर मैं तो तुम्हारा नालायक बेटा हूं न, बस सोचता ही रह जाता हूँ....।'

मां चक्कर में पड़ गई।

'क्या तुमने नहीं भेजा था बहू को?'

'मैने ऽऽऽ ! और फिर सिर झटकते हुए बोला- 'अरे माँ आपकी बहू ने तो मुझे चकमा दे दिया। कब पहुँची राधा गांव में ?'

'हमें आये तो आज कई दिन हो गये।

और जब माँ ने पूरी बात बतलाई तो राघव गद्गद हो गया। उसके दिल में राधा के प्रति पहले से भी कई गुना अधिक स्नेह उमड़ पड़ा। वह इतना भावुक हो उठा कि अपनी आंखों में आती आंसुओं की धारा प्रयास करने पर भी रोक न सका। उसे लगा जैसे उसे कोई नई जिन्दगी मिल गई है, जिसे पाने के लिए वह एक अरसे से तड़फ रहा था।   ●

4

क्या नहीं हो सकता

उसकी निगाह मुझ पर आकर टिक गई तो मुझे लगा कि वह मुझे कुछ पहिचानने की कोशिश कर रहा है। तभी उसने दूर से नाम लेकर मुझे आवाज लगाई और मेरी ओर बढ़ने लगा। मुझे भी यह चेहरा कुछ जाना पहचाना लग रहा था। मैंने दिमाग पर जोर डाला, 'कौन हो सकता है यह आदमी? है भी निकट का, नाम लेकर साधिकार आवाज दी है उसने मुझे।' किन्तु पुरजोर कोशिश करने के बाद भी मैं उसे पूरी तरह नहीं पहचान सका।

बड़ी-बड़ी दाढ़ी, चेहरे पर अभाव की झुर्रियां, काला सा कोट, धारीदार मैली सी पैन्ट और फटे सफेद जूते पहने वह मेरे सामने आकर मुझे अजीब दृष्टि से घूरने लगा....।

'पहचाना नहीं मुझे?'

'पहचान तो रहा हूं पर....'

'ऐसा ही होता है। जब कोई बड़ा आदमी बन जाता है तो छोटे-मोटे लोगों का ध्यान नहीं रहता, किन्तु इतनी जल्दी भूलना भी क्या? खैर कई साल भी तो हो गये हैं।'

वह व्यंग्य पर व्यंग्य कसता जा रहा था। मेरी तो कुछ भी समझ में नहीं आ रहा था। मैंने हाथ जोड़कर कहा, 'मेरी भूल के लिए क्षमा कीजियेगा, मैं ठीक से पहिचान नहीं पा रहा हूं।'

इतना सुनकर मेरे कन्धों पर हाथ रखते हुए वह बोला, 'मैं कमल हूं, हरिद्वार...।' नाम को सुनते ही मुझे हरिद्वार की सारी यादें ताजी हो आई थी। मैंने हाथ बढ़ाये ही थे कि वह गले से लिपट गया। मुझे उसकी इस दयनीय हालत पर बहुत आश्चर्य हो रहा था।

'क्या हालत बन रखी है ये?'

वह मायूस होकर बोला ' भाग्य को कौन बदल सकता है? किस्मत में यही सब लिखा है न, तो कोई कर भी क्या सकता है। दस वर्षों से नौरकी के लिए दर-दर भटक रहा हूं। आज तक सैकड़ो इन्टरव्यू दे चुका हूं परन्तु कहीं भी तो....? खैर छोड़ो, तुम बताओ क्या हाल है तुम्हारा?

'फिलहाल तो ठीक ही हूं। हरिद्वार से जाना कहां था, पहले तो नौकरी के लिए भटकता रहा। वर्षों तक कभी इधर-कभी उधर, एक जगह कहीं भी ठौर ठिकाना नहीं मिला। बड़ी मुश्किल से एक छोटी-मोटी नौकरी मिली परन्तु पढ़ाई के लिए छटपटाता ही रहा और उसे भी छोड़ दिया। तब से न जाने पढ़ाई के लिए मुझे क्या-क्या नहीं करना पड़ा है।'

वह और गम्भीर हो गया था।

'परन्तु भटकने का कुछ लाभ तो मिला तुम्हें? आज कौन जानता है कि तुमने इतना सब कुछ झेला होगा और हम जैसे लोग तो यह सब झेलने के बाद भी कुछ नहीं पा सके हैं।'

'सब ठीक हो जायेगा कमल! धैर्य रखने की आवश्यकता होती है।'

'कब तक धैर्य रखेंगे? यहां तो सब सीमायें टूट गई।'

फिर बोला, 'अच्छा ये तो बताओ कि हरिद्वार आना क्यों छोड़ दिया, या आते हो और चुपचाप निकल जाते हो?'

'नहीं कमल भाई, न तो मैं हरिद्वार को भूला हूं और न ही पुराने मित्रों को।'

'यदि भूले न होते तो वर्षों में कभी तो याद आती? अच्छा अब बताओं कब आ रहे हो, कोई दिन निश्चित करो तो सभी लोगों को जाते ही बता दूं।'

उसने मुझसे नाराजगी व्यक्त करते हुए हरिद्वार पहुंचने की तारीख पक्की कर दी।

'धनेश, दुर्गेश, मनीष सभी को सूचना दूंगा मैं' कहते-कहते वह कहीं खो सा गया था।

'कहां खो गये कमल? क्या सोचने लगे?' मैंने धीरे से उसे स्पर्श करते हुए कहा।

'कुछ भी तो नहीं।'

'नहीं ! कुछ तो सोच रहे थे।'

'बस यों ही कि हम जैसे लोग तो बेकार ही जन्म लेते हैं।'

'क्या बात लेकर बैठ गये कमल, चलो घर चलो।' और मैं कमल को घर ले आया था।

कमरे पर ताला लगा देखकर वह चौंक सा गया था। ताला खुलते ही अंदर आकर बोला।

'क्यों अभी भी अकेले हो? मैं तो सोचकर आया था कि........।'

'कि घर में अच्छी खासी फौज होगी न !'

और मैं ठहाका मारकर हंस पड़ा था, किन्तु उसके चेहरे पर मुस्कराहट का नाम न था।

'पर हरिद्वार में तो....' कह कर वह खड़े-खड़े कमरे की एक-एक चीज देखने लगा।

'हां शादी की बात सुनी होगी न !, पूरे दो साल हो गये। अच्छा बैठ भी तो जाओ? चाय बनाकर लाता हूं।'

मैं किचन की ओर जाने को हुआ कि वह बोल पड़ा, 'इतनी जल्दी नहीं, भाभी को भी तो आने दो ? आज तो उन्हीं के हाथ की चाय पीयेंगे।'

'भाभी यहां हो तब न !'

'कहां गई है, मायके भेजा हुआ है क्या?'

'नहीं तो ! नौकरी....'

'अच्छा ! नौकरी पर है ? ये तो अच्छा हाथ मारा है तुमने, ये तो बताओ कहां पर है?'

'यहां से सौ मील दूर।'

'तो खाने-पीने की क्या......।'

'स्वयं ही बनाता हूं, स्वयं ही खाता हूं......।'

'तब तो छुट्टियों में ही भाभी जी यहां आती होंगी।'

'हां, और कभी छुट्टियों में मैं भी चला जाता हूं।'मैं हंसते हुए बोला।

फिर तो वह भी मजाक के मूड में आ गया था।

'यार ! मैं तो अब सब बेरोजगारों को लेकर आन्दोलन करने वाला हूं। यहां तो नौकरी के लाले पड़ रहे हैं और तुम मियां-बीबी दोनों को नौकरी?' और फिर ठहाका मारकर हंसने लगा।

इतनी देर में वह पहली बार हंसा था। उसके चेहरे का सारा तनाव यकाएक खत्म हो गया था।

'चलो अच्छा किया तुमने, परन्तु तुम कम चालाक नहीं निकले, शादी की हवा तक नहीं लगने दी किसी को........।'

चाय पीते-पीते वह कमरे की एक-एक वस्तु को गौर से देखे जा रहा था।

'ये फोटो भाभी जी का है।' एक दीवार पर टंकी तश्वरी की ओर इशारा किया।

'हां....'

'यार अच्छी जगह हाथ मारा।' कह कर फिर हंसने लगा।

थोड़ी देर बात करने के बाद हम दोनों लोग मिलकर खाना बनाने लगे।

बातचीत जारी रखते हुये वह बोला, 'लगता है खिचड़ी अभी भी तुम्हारा पीछा नहीं छोड़ेगी।'

'नहीं ! इसका तो जन्म-जन्मांतर का नाता हो गया मुझसे।'

'निशांत शादी के बाद भी यह स्थिति तो ठीक नहीं, सर्विस वाली लड़की का मतलब पूरा परिवार अस्त-व्यस्त।'

'लेकिन जमाना भी तो बदल गया और फिर लिखी-पढ़ी लड़कियां.......'

'ये बात तो ठीक है किन्तु हम बेरोजगारों पर भी कुछ तो तरस खाओ।' कहकर वह फिर हंस दिया था।

भोजन करने के बाद बिस्तर पर लेटकर बोला, 'किस्मत साथ नही दे रही निशांत भाई।'

'इस बीच रात-दिन इन्टरव्यू देता रहा, हर इन्टरव्यू बहुत अच्छा रहा। इन्टरव्यू देने के बाद बड़ी खुशी-खुशी घर आता था। नियुक्ति पत्र की प्रतीक्षा में एक-एक दिन काटा। मैं सोचता रहा कहीं से तो नियुक्ति पत्र आयेगा। रोज पोस्ट ऑफिस के चक्कर काटता, इसी प्रतीक्षा ने दस साल बर्बाद कर दिये। पैसा भी कम बर्बाद नहीं हुआ। घर में कमाने वाला कोई नहीं, तीन-चार भाई बहिन हैं किन्तु सब मुझसे छोटे।'

इधर मैं बेरोजगार और उधर मां ने मेरे गले में एक और फांसी लगा दी।

वह कुछ झुंझला कर बोला-

'यह भी तो मेरी बदकिस्मती है ! शादी भी हुई तो पत्नी एकदम अनपढ़, गंवार। घर में जमीन जायजाद बहुत है। मां अकेली पड़ गई थी इसलिए मना भी न कर सका।'

'घर में पिता जी तो होंगे?'

'अगर पिता जी जीवित होते तो ऐसी स्थिति नहीं आनी थी, खेती-बाड़ी में उन्हें किसी की सहायता की जरूरत नहीं पड़ती थी। सब अपने आप करवाते थे। परन्तु उनके जाने के बाद तो मां पर सारा बोझ पड़ गया। एक तरफ हम सभी भाई-बहिनों की लिखाई-पढ़ाई और दूसरी तरफ घर के काम-काज से लेकर इतनी बड़ी खेती-बाड़ी। यार पढ़ाई ने तो हमें न घर का और न घाट का, कहीं का भी नहीं छोड़ा।'

मैं मजाक करते हुए बोला-

'यहां भी इन्टरव्यू देने आये थे क्या?'

'हां सुबह पहुंच गया था, इन्टरव्यू दिया और फिर तुम्हारा पता किया। इस बार तो हरिद्वार से ही सोचकर आया था कि तुम्हें जरूर मिलकर जाऊंगा।'

'ये इन्टरव्यू कैसा रहा?'

'इन्टरव्यू तो बहुत अच्छा रहा, परन्तु मुझे विश्वास नहीं। मंत्रियों के सिफारिशी पत्र लेकर लड़के घूम रहे थे। कुछ तो बीस-बीस हजार रूपये लाये हैं। हममें न तो किसी मंत्री के पत्र लाने की सामर्थ्य है और न पैसा खिलाने की हिम्मत।'

'क्या कोई पैसा ले रहा है?'

वह हंसकर बोला-'यह तो सामान्य सी बात हो गई। पहले के अधिकारी डरते थे किन्तु अब तो खुली बोलियां लगती है। पैसा दो और नौकरी लो, सब बिके हुए हैं।'

'पैसा किसको दो।' पूछा मैंने

'अधिकारी को और बाबू के माध्यम से। बाबू की भी मौज है चाहे जिससे जितना पैसा लो। आधा अधिकारी के घर और बाकी अपनी जेब में?

'कमल यह बात मानने को मैं तैयार नहीं कि सभी अधिकारी-कर्मचारी भ्रष्ट हो गये।' मैंने तर्क दिया।

'ये भी बात सही है कि बहुत सारे अधिकारी-कर्मचारी आज भी ईमानदार हैं, परन्तु आज इनकी संख्या है ही कितनी? न के समान है।'

'सच कहता हूं निशांत ! मैं तो इस व्यवस्था से इतना खिन्न हो गया हूं कि अब जीवन से भी घृणा होने लगी है, कई बार भारी आक्रोश से घिर जाता हूं तो अपने को सम्भालना बड़ा मुश्किल हो जाता है। मन में आता है या तो आत्म हत्या कर लूं या किसी अधिकारी पर टूट पड़ूं।

मैंने घूम फिर कर देख लिया है कि जो बड़ा है वह बड़ा ही होता चला जा रहा है और जो गरीब है वह और नीचे जा रहा है।

रात भर वह आपबीती सुनाता रहा। सुबह उठा तो पहली बस से हरिद्वार निकल गया। बहुत निराश था, क्या-क्या विचार नहीं आ गये थे उसके मन में। मैंने बहुत समझाने की कोशिश की थी उसे कि दुनियां में बस एक ही तरह के लोग नहीं, परन्तु उसके दिमाग में एक ही धुन सवार हो गई थी कि अधिकतर अफसर भ्रष्ट हैं। कहता था, 'मैं अब पहले तो इन्टरव्यू दूंगा ही नहीं यह मैंने ठान लिया और यदि इन्टरव्यू दिया तो जहां-जहां भी जाऊंगा ऐसे अधिकारियों को पीटे बिना वापस नहीं लौटूंगा, अब तो चाहे मुझे फांसी हो चाहे जेल, जेल में कुछ दिन चैन से तो रहूंगा।

उसके चले जाने के बाद महिनों तक उसकी तमाम बातें मेरे मस्तिष्क में

घूमती रहीं। कभी-कभी मुझे डर लगता कि न जाने कमल कब क्या कर बैठे। हरिद्वार पिछले दिनों गया तो पता चला एक साल हो गया कमल को हरिद्वार छोड़े। किसी को पता भी तो नहीं कि कहां गया।

आज कितने वर्ष बीत गये कमल को देखे। पौड़ी से जाने के बाद मिला ही कहां?

ऋषिकेश का रोड़वेज बस अड्डा, मैं बस की प्रतीक्षा में बेंच पर बैठा हूं। कमल की मिलती-जुलती शक्ल का कोई व्यक्ति बस से उतरा है। मैं बेंच से उठा और उसकी ओर जाने को कदम बढ़ाये, फिर रूक गया। यह कमल नहीं हो सकता, इतना हृष्ट-पुष्ट और मुस्कराता चेहरा? पर बस से उतरते ही सूटकेश हाथ में लिए टिकट की खिड़की की ओर बढ़ते कमल ने मुझे देख लिया था। सूटकेश वहीं छोड़ मेरे सीने से लिपट गया था और बहुत देर तक ऐसे लिपटा रहा मानों वर्षों को लगी 'खुद' को मिटा देना चाहता हो।

उसका खिलखिलाता चेहरा और गालों पर आयी लालिमा से मुझे अनुमान लगाने में देरी नहीं लगी कि यह कमल की खुशहाली का परिणाम है। उसका खिला हुआ चेहरा और उस पर आयी मुस्कान ने मुझे गद्गद् कर दिया था? कमल के सूटकेश की ओर बढ़ते हुए मैं उसका हाथ पकड़कर बोला–

'तुमने तो खुश कर दिया है मुझे। खूब सेहत बनाई है। लगता है कहीं अच्छी नौकरी....कम से कम मुझे एक चिट्ठी तो डाल देते।'

वह खिलखिलाकर हंसा–

'साली नौकरी ने तो मेरी जान ही ले ली थी। एक दो साल और पीछे पड़ता तो मर ही जाता। पौड़ी में मैंने कहा था न कि यह मेरा आखिरी इन्टरव्यू होगा और हुआ भी वही।'

'कहां नियुक्ति मिली?'

'गांव में और घर पर।'

'क्या मजाक करने लगे?'

'मजाक नहीं, सच बोल रहा हूं। जिस पत्नी को मैं अनपढ़ गंवार और भारस्वरूप कहता था न, उसने मुझे बदलकर रख दिया।'

'वो कैसे? बताओगे भी तो।'

'एक दिन में थका हारा घर में बैठकर अपने भाग्य को कोसने लगा।

सुनीता बोली– 'आप तो बिना बात भाग्य को कोसते हैं। नौकरी के चक्कर में न पड़कर यदि मालिक बनने की इच्छ रखते तो.......।'

सुनीता की मूर्खता पर मुझे हंसी आयी पर मुझे लगा जैसे ये मेरे पुरूषार्थ को चुनौती दे रही है, मैं हसंते हुए उससे यों ही पूछ बैठा–

'अब जादू तो तुम्हीं करोगी जिससे मैं मालिक बन जाऊंगा। अरे मूर्ख ! मालिक बनने के लिए भी तो....' मैंने अपना सिर पकड़ लिया था।

इतना सुनते ही वह तुरन्त बोली-

'करने को बहुत कुछ है, करने वाला चाहिए। मेहनत करने से क्या नहीं हो सकता?' उसने तमाम विकल्प मेरे सामने रख दिये, साथ ही बोली-

'मैं भी तो सहयोग करूंगी ! क्या परेशानी है? आप अकेले ही थोड़े करेंगे ये सब....'

उसकी बातों ने मुझमें एक नई आशा का संचार कर दिया था। मुझे लगा जैसे सफलता अब अधिक दूर नहीं है और मैं रात-दिन मेहनत में जुट गया। ईश्वर ने मेरी मेहनत का फल भी दिया मुझे।

तमाम ठोकरें खाने के बाद आज मेरे पास सब कुछ है। मैं बहुत खुश हूं। इसी मेहनत ने मेरे डगमगाते आत्म सम्मान व स्वावलम्बन को वापिस लौटाया है।

5

भीड़ साक्षी है

......अचानक अस्पताल में हो-हंगामा मच गया, 'क्या हुआ, क्या हुआ?'....कहते हुये लोग 'अपातकालीन कक्ष' की ओर भागने लगे। तीन बच्चे, एक महिला व एक पुरूष बुरी तरह छटपटा रहे थे। नीचे जमीन में पड़े वे इतने छटपटा रहे थे कि लगता था अब प्राण छोड़ें और तब प्राण छोड़ें।

डॉक्टर को इधर-उधर ढूंढा, किन्तु कहीं डॉक्टर नहीं मिला। लोगों का आक्रोश बढ़ता जा रहा था। कुछ युवा तो गाली-गलौज पर उतर आये थे, उत्तेजित युवा मरने-मारने की बात करने लगे। उधर बच्चों की हालत और बिगड़ती गई, उनका बुरी तरह छटपटाना देखा नहीं जा रहा था।

एक युवा बोला- 'वैसे तो एकाध डॉक्टर यहां पर ठीक हैं, पर बाकी तो. ...।' एक ने डॉक्टर तिवारी का नाम लिया, 'वह तो पास ही रहते हैं। तुरन्त आ भी जायेंगे, चाहे ड्यूटी हो या न हो।' दूसरा बोला- 'स्साले ! एक जैसे हैं, सब चोर हैं, कहां बात कर रहे हो......।' एक युवक उसका हाथ पकड़ कर बोला, 'कैसे कह दिया कि सारे एक जैसे होते हैं ? अरे ! सबको एक ही तराजू में नहीं तोलना चाहिये......।'

परस्पर तरह-तरह की चर्चायें होती गई, बीमार तड़फते बच्चों की ओर किसी का ध्यान ही न था, सब आपस में एक दूसरे की छींटाकशी में ही लग गये थे।

एक आदमी बोला- '.......सारा तन्त्र भ्रष्ट हो गया, जिसको देखो वही गैर जिम्मेदारी और वही गैर जिम्मेदार। किससे कहें? जायें तो जायें कहां ? किसी से किसी के बारे में बोलना स्वयं बुरा बनना है बस, अधिकारी भी कहां सुनते हैं? पहले के अधिकारी होते तो.......। कहां चला गया वो जमाना......।'

एक बुजुर्ग जो बहुत देर से यह सब देख रहे थे, अपने को रोक न सके और जोर-जोर से चिल्लाकर बोले–

'यही समय है बहस का, यहां तो बच्चे मर रहे हैं और एक तुम लोग हो जो इस मौके पर भी बहस के सिवा कुछ नहीं कर रहे हो। लाओ जो भी डॉक्टर मिलता है, पकड़कर लाओ।'

इतने में अपने में ही खोये मुस्कराते, घूमते-टहलते डॉ0 तिवारी आ पहुंचे तो लोग यकायक उन पर टूट पड़े। जितना कुछ भी लोग कह सकते थे उल्टा-सीधा, गाली-गलौज, सभी कुछ कह डाला। डॉ0 तिवारी के बारे में जो लोग जानते थे, उन्हें बुरा लग रहा था, 'डॉ0 तिवारी ही तो सारे अस्पताल में एक ऐसे डॉक्टर हैं जो दीन-दु:खियों की बात सुनते हैं, आदमी की सहायता करते हैं। जो भी जाये उसकी सुनते हैं। पिछले दिनों तो सबसे बड़े डाक्टरों तक से उनका झगड़ा हो गया था। हमेशा उन्होंने जनता की भलाई की बात की है। अरे.....! मारना है तो उनको मारो, उनको गाली-गलौज दो, जिन्होंने खुलेआम लूट मचा रखी है। मरीज श्वासें गिनता रहता है और ये कहते है......पहले पैसा रखो, फिर मरीज को देखेंगे। कसाई से भी बढ़कर हैं ये। मानवता नाम की तो कोई चीज हीं नहीं रह गई इनमें।'

'डॉक्टर तो भगवान होते हैं, दूसरा जीवन देते हैं, किन्तु यहां तो.....।'

'पता नहीं कैसे-कैसे लोग पेशे में आ जाते हैं.....?'

'अरे केवल पैसा कमाने के लिए ही डॉक्टर बनते हैं.......।'

'ये सब अमीरों के लड़के होंगे, इन्होंने गरीबी और मजबूरी तो देखी ही नहीं है, तनिक सी भी गरीबी देखी होती तो इतने निर्दयी कभी न होते......।'

'अरे.......! गरीब आदमी के बस की कहां जो अपने बच्चों को डॉक्टर बना सकें?

'......सच तो यह है कि लोगों ने अपना ईमान-धर्म सब खो दिया है। संस्कार तो परिवार से ही आते हैं। यदि इनके मां-बाप ने इन्हें कुछ सिखाया होता तो आज ये दशा नहीं होती......'

इधर लोगों में तरह-तरह की बातें होती रही। इतना सब कुछ सुनने के बाद भी डॉ0 तिवारी के चेहरे पर शिकन तक न आई थी।

जब डॉक्टर तिवारी को पता चला कि बेहद बुरी स्थिति में कुछ बच्चे छटपटा रहे हैं तो भीड़ की परवाह किये बिना वह तेजी से आपातकालीन कक्ष की ओर बढ़ने लगे। छात्र गाली-गलौज करते जा रहे थे, उनका तेजी से जाना कुछ छात्रों को ऐसे लगा मानों वे भीड़ से भागने की कोशिश कर रहे हों, फिर क्या था, एक छात्र ने उसका हाथ पकड़ लिया।

डॉक्टर तिवारी ने पहले तो आग्रह किया परन्तु छात्र ने हाथ नहीं छोड़ा। डॉक्टर बोले– 'पहले मुझे मरीजों को तो देखने दो, ये सब बातें बाद में भी हो जायेंगी। कमरे में मरीज छटपटा रहे हैं, बेहोशी की हालत में अस्पताल आये हैं......।'

किन्तु छात्र थे जो एक न माने। डॉक्टर तिवारी जो हमेशा विपरीत स्थितियों में भी मुस्कराते रहते थे और इतनी गाली-गलौज सुनने के बाद भी जिनका मुस्कराना बन्द न हुआ था, अब उनका चेहरा गुस्से से तमतमाने लगा था। उन्होंने एक बार जोर का झटका देकर हाथ छुड़ाने का प्रयत्न किया, परन्तु हाथ न छूटा तो उस युवा पर उन्होंने एक थप्पड़ मार दिया, '......क्या करोंगे, मारोगे मुझे? लो मार डालो, किन्तु उन बच्चों की भी तो सोचो जो एक-एक श्वांस गिन रहे हैं।' छात्र के गाल पर थप्पड़ मारते ही उनकी आंखों से आंसू छलक पड़े थे और वह आंसू बहाते हुये ही बेहोश मरीजों तक पहुंचे।

हलात बेकाबू देखकर एक बार तो वे घबरा गये थे। जल्दी-जल्दी बिस्तर पर लिटाकर उन्होंने प्रत्येक को इन्जेक्शन लगाया। कभी इधर, कभी उधार, कभी इस आलमारी में, कभी उस आलमारी में। तमाम दवाओं को निकालते हुए आधे घण्टे क अन्दर-अन्दर उन्होंने अन्तिम सांसे गिनते बेहोश मरीजों को खतरे से बाहर कर दिया था। जबकि लोगों को यह अंदेशा हो चला था कि अब इन बच्चों को नहीं बचाया जा सकेगा।

इस बीच पूरे अस्पताल में भीड़ जमा हो गई थी, सारा नगर जैसे एक हो गया था। डॉक्टर ने कमरा बन्दकर आधा घण्टा जी जान से एक कर दिया था।

बाहर लोग तरह-तरह की बातें करने में लगे थे। बेहोश मरीजों के परिजन रो रहे थे, साथ ही जनता को कोस भी रहे थे। बड़ी मुश्किल से तो डॉ0 तिवारी बिना ड्यूटी के भी आ गये थे, परन्तु बच्चों को दिखाने के बजाय लोग नेतागिरी करने लगे, अब न जाने क्या होगा।

मरीजों की स्थिति देखकर तो सबको संदेह था कि मुश्किल से ही बच्चों को बचाया जा सकेगा। किन्तु आधे घण्टे बाद डॉ0 तिवारी बाहर निकले तो वे बच्चों के पिता को दिलासा देते हुये बोले– 'ईश्वर ने तुम्हारी सुन ली. .....सब ठीक हो जायेगा' लोग गदगद हो गये। छात्र जिन्होंने डॉ0 तिवारी को भला बुरा कहा था, डॉ0 तिवारी के पांव पड़ गये– 'डॉक्टर साहब गलती हो गई, असलियत में इस अस्पताल में कोई किसी की नही सुनता......।'

डॉक्टर ने चुपचाप बात सुनी और अपने घर की ओर चल दिये।

दूसरे दिन डॉक्टर तिवारी के घर के आगे पूरा शहर एक हो रखा था। मैंने

सोचा शायद आज फिर से हंगामा हो गया, कुछ न कुछ बात अवश्य हो गई है। मैं तेज कदमों से भीड़ के समीप पहुंचा। डॉक्टर तिवारी को भीड़ ने घेरा हुआ था व युवा नारे लगाते जा रहे थे-

हम ऐसा नहीं होने देंगे,

अपना डॉक्टर नहीं खोने देंगे ।

चाहे जो कुर्बानी होगी,

जनता डॉक्टर को जाने न देगी ।।

तरह-तरह के नारे लग रहे थे, मेरी कुछ समझ में नहीं आया। विरोधी नारे भी नहीं हैं, फिर इतनी भीड़ क्यों ?

'क्या बात हो गई ?' मैंने पास खड़े व्यक्ति से पूछा......।'

'अरे साहब......! बात क्या होनी है, ले-देकर तो एक अच्छा डॉक्टर था उसको भी......।'

'........क्या हुआ उनको ?' मैंने जल्दी-जल्दी पूछा।

'उनको तो क्या होना है, हुआ तो इस जनता को है। पता चला है कि कल कुछ लोगों ने डॉ0 साहब को गाली-गलौज ही नहीं की, उनके साथ हाथापाई भी कर दी थी, इतना देवता आदमी.........दुनियां में ढूंढकर भी ऐसा डॉक्टर नहीं मिलेगा......।'

'लेकिन वो बात तो कल वहीं खत्म हो गई थी, लोगों ने महसूस भी कर दिया था कि उनसे गलती हो गई........?'

'अरे साहब ! ये डॉक्टर हैं न...... बहुत स्वाभिमानी हैं, किसी का एक न लेता न किसी को एक देता.....ये तो गरीब जनता का मसीहा था। इन बड़े लोगों का क्या, अच्छा डॉक्टर यहां नहीं होगा तो ये कहीं भी जा सकते हैं, लेकिन गरीब जनता का क्या होगा ? किसको परवाह है इन गरीबों की........।'

बगल में दूसरा व्यक्ति बहुत भावुक हो गया था, 'बहुत बुरा हो गया, डॉ0 साहब का ट्रांसफर हो गया.....।' मैं चौंका.....! 'ट्रांसफर हो गया ! लेकिन क्यों ?' '......देखा नहीं आपने, क्या व्यवहार किया गया उनके साथ.......? जिस आदमी ने इस अस्पताल के लिये रात-दिन एक किया, हमने कभी सोते हुये इस आदमी को नहीं देखा, सुबह सात बजे भी घर पर भीड़ लगी रहती है। फिर आठ बजे अस्पताल में आते हैं, तो शाम चार-पांच बजे जाकर उनका खाना होता है, और फिर ग्यारह बजे तक बीमारों को देखते रहते हैं, रात दो बजे भी अस्पताल के चक्कर काटते हुये वे किसी भी आदमी को दिखाई दे सकते है।'

'इस आदमी ने तो शादी तक नहीं की, अपनी तनख्वाह भी गरीब बच्चों पर लगा देता है। क्या हो गया इस जमाने को ? अच्छे आदमी की तो अब

कोई पूछ ही नहीं है। कुल मिलाकर एक तो डॉक्टर था जो मरीजों का ध्यान रखता था, उसे भी नहीं टिकने दिया।'

लोगों की भीड़ लगातार बढ़ती जा रही थी। जो भी सुनता डॉ0 तिवारी का स्थानान्तरण हो गया, वही अस्पताल की ओर भागता, लोग हाथ जोड़ते. .....।

'डॉक्टर साहब हमें इतनी बड़ी सजा न दें, हमें आप जो सजा देना चाहें मंजूर है, उन लड़कों की ओर से हम क्षमा मांग रहे हैं, हम हाथ जोड़कर प्रार्थना कर रहें हैं.......आप अपना स्थानान्तरण निरस्त करा लीजिये, हम किसी की भी कीमत पर आपको यहां से जाने नहीं देंगे।'

मैं भीड़ को चीरता हुआ अन्दर पहुंचा। डॉ0 साहब का सामान बंध चुका था, जाने की पूरी तैयारियां कर चुके थे। मैंने उन्हें झिंझोडकर पूछा- 'डॉक्टर साहब !' आपने ऐसा क्यों किया? क्यों जा रहें है आप हमें छोड़कर ?

बड़े अनमने भाव से डॉक्टर तिवारी बोले- 'लोगों से अभद्र व्यवहार जो करता हूं।'

मेरा तन-मन जल उठा- 'कौन कहता है ऐसा ? सारा शहर तो यहां उमड़ा पड़ा है आपको रोकने के लिए ! बाहर खड़ी भीड़ आपकी लोकप्रियता की साक्षी है।'

'इसीलिए तो........' मुस्करा कर उन्होंने जेब से अपना स्थानान्तरण आदेश निकाल कर मेरे हाथ में रख दिया। मैंने पढ़ना आरम्भ किया-

'स्थानीय जनता व मरीजों से रोज-रोज अभद्र व्यवहार करने के दण्डस्वरूप आपको जोशीमठ स्थानान्तरित किया जाता है।'

इस एक लाईन के ट्रांसफर आदेश को पढ़कर मेरा मुंह खुला का खुला रह गया। मैंने डॉ0 तिवारी की तरफ देखा तो वे मुस्कराते हुये दिखे। वहीं परिचित शान्त और सौम्य मुस्कराहट।

6

विपदा जीवित है

खद्दर का मैला-कुचैला सा कुर्ता, उसके ऊपर वास्कट, नीचे काले रंग की पैंट और बाहर से काली त्यूंखी पहने हुये बड़ा मायूस सा चेहरा। उम्र यही कोई 35 वर्ष के लगभग, किन्तु वेशभूषा वृद्धों जैसी। ठीक मेरी दाहिनी ओर बैठा था वह व्यक्ति। उसके बगल में बैठा था उसी की वेशभूषा का उसका साथी।

बस में भारी भीड़ थी, कहीं भी पांव रखने की जगह न थी। मुझे खड़ा देख अपने साथी से सटकर बैठने को कहते हुए मुझ से बोला–

'ऐ बाबू जी ! बैठ जाओ।'

'नहीं, आप लोग आराम से बैठ जाओ, कोई बात नही।' मैंने औपचारिकतावश कहा।

'अरे नहीं बाबू! ये ठीक बात नहीं, आप बाहर से आये मेहमान हैं। हमको तो बस यहीं आगे तक जाना है। आपको तो दूर जाना होगा।' उसने कहा।

मैं उसका आग्रह नहीं टाल सका। दो आदमियों की सीट थी, फिर भी मैं उसके बगल में बैठ गया। मेरे हाथ में सूटकेस था, उसे किसी तरह मैंने सीट के नीचे फंसा लिया।

वे दोनों एकटक मुझे देख रहे थे, मानो उनके लिये मैं किसी अन्य ग्रह से आया हुआ प्राणी होऊँ। मुझे लगा कि वे मुझसे कुछ पूछना चाहते हैं, लेकिन पूछ नहीं पा रहे हैं।

मैंने ही पहल की– 'कहां से आ रहे हैं?'

'गैरसैंण से!' उसने जबाव दिया।

'जाना कहां है?' मैंने अगला सवाल किया।

'वकरोड़ा गांव'

'कितनी दूर है यहां से?'

'अगले स्टेशन पर उतरना है, फिर चार किलोमीटर पैदल चढ़ाई चढ़नी है।'

'चार किलोमीटर पैदल!' मैंने आश्चर्य व्यक्त किया।

'हां, कोई ज्यादा नहीं है।' उसने ऐसे कहा मानों चार किलोमीटर की चढ़ाई चार मीटर हो।

'ज्यादा नहीं है मतलब?' मैंने फिर आश्चर्य किया।

'मतलब इतना तो हम रोज ही पैदल चलते हैं। घास लकड़ी के लिये या जानवरों को चुगाने के लिये।' उसने स्पष्ट किया।

मुझे विश्वास तो नहीं हो रहा था, किन्तु वह सच बोल रहा था। गैरसैंण काफी पिछड़ा क्षेत्र है। अभी तक गांवों में पूरे जीवनोपयोगी साधन नहीं पहुच पाये हैं। सड़कें तो बहुत ही कम हैं। स्वास्थ्य, शिक्षा और पेयजल जैसी मूलभूत सुविधाओं की पहाड़ के हर गांव को अभी आवश्यकता है। यह बात पिछले एक महीने से मैं लगातार देखता आ रहा था।

पौड़ी से एक अखबार निकालना शुरू किया था मैंने। और उसी के संदर्भ में पहाड़ के लगभग सभी जिलों में मुझे भ्रमण करना था। पिछले एक महीने से मैं लगातार भ्रमण पर था, अब तक चमोली और पौड़ी जिले के हर विकास खण्ड तक मैं घूम आया था।

सारे कस्बों और बाजारों में घूमकर मैंने अखबार भेजने और समाचार संकलन की व्यवस्था पूरी कर ली। कल मैं गैरसैंण पहुंचा था, और आज मुझे वापस पौड़ी लौटना था।

मैंने बातों का क्रम पुन: आगे बढ़ाया- 'तो आप लोग प्रधान होंगे और ब्लाक से आ रहे होंगे?'

'अजी नहीं बाबूजी ! प्रधान ऐसे होते हैं क्या? हम तो गरीब लोग हैं।' उसने उत्तर दिया।

'तो क्या करते हैं, आप दोनों?'

'खेती करते हैं।'

'खेती में क्या-क्या फसल होती है?' मैंने फिर पूछा।

'सभी कुछ होता है धान, मण्डुआ, झंगोरा, गेहूं और अपने गुजर-बसर के लायक थोड़ी बहुत दालें भी।' उसने बताया।

मुझे उसकी बातों में रूचि आ रही थी। मैंने आगे पूछा- 'बैल होंगे?'

'हाँ वही तो हमारे सब कुछ होते हैं, नहीं तो खेती कैसे कर पायेंगे।'

'गाय-भैंस भी तो होगी?'

'न तो गाय है और न भैंस। मेरे बच्चे तो बिना दूध के ही पल रहे हैं।' उसने बेझिझक कहा और फिर अपने साथी की ओर इशारा करते हुये कहा- 'इसके पास तो है भैंस।'

मैंने देखा उसके साथी ने उसे कोइनी मारी, शायद उसे मेरा उसका आपस में बातचीत करना अच्छा नहीं लग रहा था या फिर वह नहीं चाहता था कि उनके घर, गांव और परिवार की कोई समस्या अजनबी आदमी को बताई जाये। कोहनी का संकेत शायद वह समझ गया था, उसकी प्रतिक्रिया स्वरूप उसकी और आँखे तरेर कर कहा- 'क्या है यार! झूठ बोल रहा हूं कोई?'

उसका साथी लज्जित हो गया और नजरें घुमाकर बाहर खिड़की की तरफ देखने लगा। मैं उससे और अधिक सवाल करना चाहता था, ताकि पर्वतीय जनजीवन की अधिक से अधिक जानकारी जुटा सकूँ।

सच तो यह है कि अखबार निकालने का मेरा मुख्य लक्ष्य भी यही था। अखबार को केवल खबरों वाला कागज न बनाकर मैं उसे आम जनजीवन की समस्याओं, कठिनाईयों और दुःख-दर्द का एक चिट्ठा बनाना चाहता था। मैं चाहता था कि समाज में ऊँची कुर्सियों और ऊँचे ओहदों पर बैठे लोग इस अखबार के माध्यम से गरीब और दबे-कुचले समाज की आवश्यकताओं और समस्याओं को समझ सकें।

इसके लिये मुझे अधिक से अधिक लोगों से जनसम्पर्क करना था, दूर-दराज के गांवों में जाकर समस्याओं ओर आवश्यकताओं को समझना था और विगत एक माह से मैं यही सब कर रहा था।

मैंने बात आगे बढ़ाई- 'आजकल तो सरकार गाय-भैंस और बैलों को खरीदने के लिये गांव वालों को पैसा दे रही है।'

'दे रही होगी।' उसने रूखा सा जबाव दिया।

'आपको पता नहीं है?' मैंने उसे कुरेदा।

'अरे बाबू जी! हम तो गरीब लोग हैं, हमें कौन बतायेगा। सरकार की सारी योजनायें तो अमीरों के लिये होती हैं। गरीबों के लिये कौन करता है कुछ।' उसके स्वर में आक्रोश था।

'लेकिन ये पैसा तो गरीबों के लिये ही है।'

'होगा।' उसका संक्षिप्त सा उत्तर था।

'लेकिन आपको पता नहीं है?' मेरा फिर वही प्रश्न।

'पता भी हो तो क्या करना है। गरीबों के लिये तो योजनायें हजार हैं, लेकिन बिचौलिये सब कुछ खा रहे हैं। उन्हीं लोगों को पैसा देते हैं जिनके पास उनको देने के लिये कुछ होता है। हमारे पास तो बाबू जी एक भी पैसा नहीं

है। खेती में कड़ी मेहनत और मजदूरी करने के बाद बड़ी मुश्किल से परिवार की रोजी-रोट चलती है। फिर किसी को पैसा कहाँ से देंगे। यदि उन्हें दे भी दिया तो बाल-बच्चे भूखे नहीं मर जायेंगे?' उसने अपनी पूरी पीड़ा व्यक्त कर दी।

मैंने देखा उसके साथी ने इस बार फिर उसको कोहनी मारी। कोहनी ही नहीं मारी बल्कि धीरे से गढ़वाली बोली में फुसफुसाया भी– 'क्यों रामायण सुना रहा है?'

वह शायद मुझे बाहर का कोई बड़ा आदमी ही समझ रहा था, किन्तु मैं तो गढ़वाली ही हूँ, समझ गया कि वह क्या कह रहा है। फिर भी मैंने अनजान बनते हुये पूछा– 'क्या कह रहे हैं यह?'

'कुछ नहीं!' उसने बात टाल दी।

'मैं तुम्हें भैंस के लिये लोन दिलाऊंगा, अगर तुम हाँ कहो तो.....?' मैंने उससे कहा। उसने शंका की दृष्टि से मुझको देखा।

'लेकिन मेरे पास पैसे नहीं हैं।'

'किसलिये?'

'आपको देने के लिये।' वह बोला– 'लोन दिलाने के लिए तो बहुत लोग कह रहे हैं। आज हम गैरसैंण ब्लाक से ही आ रहे हैं। लोन लेने ही गये थे, लेकिन सबको पहले पैसा चहिये।' सपाट स्वर में बोला था वह।

अब सारी कहानी मेरी समझ में आ गई थी। वह शायद मुझको भी कोई दलाल या बिचौलिया समझ रहा था। मैंने उसकी पूरी पीड़ा और आक्रोश समझ लिया था। कल के अखबार के लिये मुझे अपनी 'लीड न्यूज' मिल गई थी। मैंने तुरन्त उसकी बात का खण्डन किया– 'मुझे पैसा नहीं चाहिये और न तुम्हें ही किसी को पैसा देना पड़ेगा। बोलो.........?'

उसने आश्चर्य से मेरी तरफ देखा। हाँ या ना कहने के बजाय उसने पहली बार प्रश्न दाग दिया– 'आप कौन हैं? क्या करते हैं?'

'मैं पत्रकार हूँ।'

और मेरा उत्तर सुनकर उसके चेहरे पर एक चमक उभर आई। कण्डक्टर ने सीटी बजाई– 'पाली वाले जल्दी से उतर जाओ।'

वह खड़ा हो गया। साथ में उसका साथी भी उठ गया। उसने यकायक दोनों हाथों से मेरे दोनों हाथ थाम लिये व बोला, 'बाबू जी आप मुझे लोन मत दिलाइये। मुझे नहीं चाहिये लोन, लेकिन हम गरीबों की कहानी आप अपने अखबार में अवश्य छाप दीजिये। छापेंगे, न ?'

वह बहुत भावुक हो गया था। मैंने उसे आश्वस्त किया– 'जरूर छापूंगा। पौड़ी जाकर पहला काम यही करूंगा।'

हम कुछ और बातें करते, इससे पहले ही कण्डक्टर गरजा—

'जल्दी उतरो' और वह दोनों उतर गये। जाते-जाते मैंने उससे पूछा—'तुम्हारा नाम क्या है?'

'विपदा!' उसने जाते-जाते बताया था।

मैं खिड़की की तरफ बैठ गया। बस चल पड़ी थी, मैने पीछे की ओर मुड़कर देखा दूर तक वह मुझे कातर नजरों से देखता रहा।

तब से बीस वर्ष गुजर चुके हैं। मैंने रोज अपने अखबार में गरीबों और गाँव की समस्याओं और आवश्यकताओं को अपनी पहली खबर बनाया। आज तक लगातार लिख रहा हूँ। विपदा तब से आज-तक पुनः मुझे नहीं मिला। वह अब जीवित होगा भी या नहीं, मुझे नहीं मालूम! लेकिन मेरे हृदय में आज भी विपदा जीवित है, जो आज भी मुझे असहाय, बेवस व गरीबी का संत्रास झेल रहे विपदा जैसे हजारों-हजार मानस जाति के लिए कुछ कर गुजरने का सम्बल प्रदान करते हुये सदा प्रेरित करता रहता है। ●

7

बहारें लौट आएंगी

उसका हँसना पता नहीं क्यों मुझे अच्छा लगा। वह बार-बार मेरी ओर देखे जा रहा था। जब-जब उससे मेरी निगाहें मिलतीं, वह धीरे से मुस्करा जाता। मेरी समझ में नहीं आया कि वह मुझे देखकर क्यों मुस्करा रहा है, किन्तु उसका मुस्करना मुझे अच्छा ही लगा।

मासूम चेहरा, शक्ल सूरत से अच्छा पढ़ा-लिखा और सभ्य लगने वाले उस नौजवान की उम्र पच्चीस वर्ष के लगभग थी। वेषभूषा से किसी छोटे-मोटे कस्बे का रहने वाला लग रहा था। लगता नहीं था कि वह गांव का रहने वाला है।

सबसे पीछे बैठा था वह बस की सीट पर, और मैं सबसे आगे। ड्राईवर के सामने लगे बैक व्यू मिरर पर जब-जब मेरी नजर पड़ती तो मुझे उसका चेहरा उसमें नजर आता और जैसे ही मेरी निगाह उस पर पड़ती, वह मुस्करा उठता।

मैंने अंदाजा लगाया कि जिस प्रकार बैक व्यू मिरर में मुझे उसकी शक्ल दिखाई दे रही थी, उसी प्रकार उस को भी मेरी शक्ल दिखाई दे रही होगी। इसकी पुष्टि करने के लिये मैंने एक-दो बार पीछे मुड़कर भी देखा। मैं सचमुच आश्वस्त हो गया था कि वह वास्तव में मुझे देखकर ही मुस्करा रहा है।

मैंने दिमाग पर जोर डालकर याद किया। आखिर कौन होगा यह नवयुवक? पहचान का होगा क्या? या फिर पहले कभी इसे देखा होगा? किन्तु ध्यान नहीं आया।

कर्णप्रयाग में जब बस आधी से अधिक खाली हुई तो वह पीछे से आकर ठीक मेरे बगल में बैठ गया। बैठने के पश्चात उसने मुझको नमस्कार भी किया। अब मैंने अपना दिमाग और तेजी से दौड़ाया। इसका मतलब परिचित है, या फिर इसने मुझे पहले कहीं देखा था। क्या इससे पहले भी कभी मिला होऊंगा? ऐसा मुझे याद नहीं आ पा रहा था।

बहरहाल यही जानने के उद्देश्य से मैंने उससे बातचीत शुरू की।

'कहाँ जाना है?' मैंने पूछा।

'पीपलकोटी'

'आ कहाँ से रहे हो?'

'दिल्ली से।'

'दिल्ली में क्या करते हो?'

'नौकरी।'

'किस विभाग में?'

'फैक्ट्री में।'

'कितनी तनख्वाह मिलती है?'

'दो हजार रूपये।'

'गाँव कहाँ है?' मैंने कुछ और जानने के उद्देश्य से पूछा।

'पीपलकोटी के पास, बणसौं गांव।'

'मुझसे पहले कभी मिले थे?' मैंने फिर पूछा

'हाँ, दूर से देखा था, भाषण सुना था आपका।'

'कहाँ?'

'गौचर मैदान में पिछले साल।'

अब मुझे याद आया, पिछले वर्ष गौचर में प्रतिवर्ष आयोजित होने वाले औद्योगिक एवं विकास मेले का उद्घाटन करते वक्त मैंने अपने सम्बोधन में युवाओं को आत्मनिर्भर होने के लिये तकनीकी रूप से कृषि कार्य अपनाने की सलाह दी थी। उद्यानीकरण, फलोत्पादन के साथ-साथ कुटीर उद्योगों की स्थापना हेतु आगे आने का आह्वान किया था। मैंने कहा था कि इस कार्य के लिये सरकार उन्हें आर्थिक मदद भी देगी और हर सुविधाएं उपलब्ध करायेगी।

अब कुछ तो मैं समझ गया था, किन्तु उसके मुस्कराने का अर्थ अभी तक मेरी समझ में नहीं आया था। सो मैंने बातचीत का सिलसिला आगे बढ़ाया।

'तो दिल्ली में दो हजार में गुजारा हो जाता है?'

'मुश्किल से।'

'कितना पैसा बचा लेते हों?'

'बहुत कम।' उसने कहा।

'घर कितने समय बाद आ रहे हो?'

'छ: महीने बाद।'

'कितना पैसा बचा कर लाये हो?'

'केवल तीन हजार।'

'मतलब एक महीने में केवल पांच सौ ही बचा पाते हो।' मेरी जिज्ञासा और अधिक बढ़ी।

'बहुत ही मुश्किलों से, दिल्ली में आने-जाने में ही बहुत पैसा खर्च हो जाता है। कमरे का किराया बहुत अधिक है। दो हजार रूपये में एक कमरा ले रखा है, जिसमें हम चार लड़के रहते हैं। इसके अतिरिक्त खाने-पीने का खर्चा अलग से है।' उसने पूरे खर्च का विवरण मुझे बताया।

'तो फिर फायदा क्या हुआ?' मैंने उसे कुरेदा। 'पांच सौ रूपया तो तुम गांव में भी हर महीने बचा सकते हो।'

वह कुछ नहीं बोला।

'घर-गांव में ही कोई काम क्यों नहीं करते?' मैंने फिर पूछा।

'किया था, किन्तु कोई फायदा नहीं हुआ।'

'क्यों?' मैंने पूछा।

'गौचर में आपका भाषण सुनने के बाद मैंने निश्चय किया कि गाँव में रहकर ही कुछ करूँगा और अपने प्रदेश के विकास में भी सहयोगी बनूँगा किन्तु एक वर्ष बाद ही मेरा निश्चय डगमगा गया।' उसने हताश होकर कहा।

'क्यों?'

'मैंने उद्यान विभाग से पच्चीस हजार रूपये ऋण लेकर अपनी बीस नाली जमीन में फलदार पौधे लगाये। इन पौधों से फल पाने के लिये मुझे चार से पांच वर्ष की प्रतीक्षा करनी थी, सिर्फ प्रतीक्षा ही नहीं, मेहनत भी। किन्तु बैंक की किश्त प्रतिमाह एक हजार रूपये बंध चुकी थी। उसको चुकाने के लिये मैंने फलदार पौधों के नीचे सब्जी उत्पादन का कार्य शुरू किया।

गाँव वालों ने कहा- यह लड़का पागल हो गया है। मैंने अपने मां-पिताजी को भी इस कार्य के लिये किसी तरह से राजी करवा लिया। दो अन्य भाई-बहिनों सहित हम सभी पारिवारिक सदस्यों ने मिलकर दिन-रात मेहनत करके, गोभी, फ्रासबीन, टमाटर, आलू, लौकी और खीरे का खूब उत्पादन किया।

हमारी मेहनत रंग लाई और छः महीने के अन्दर ही हमारे खेत सब्जी से लक-दक भर गये थे। अब गांव वाले हतप्रभ थे। मेरी देखा-देखी करके गांव के अन्य युवकों ने भी यह कार्य शुरू करने की ठान ली।

किन्तु जब हम अपनी सब्जी बाजार में बेचने ले गये तो हमारी सारी आशाओं पर पानी फिर गया।

बाजार में कोई भी दुकानदार हमारी सब्जियां उचित दाम पर लेने को तैयार नहीं था। मजबूरी का फायदा उठाकर वे हमारी सब्जियां औने-पौने दामों पर खरीदने लगे।

विपणन के अभाव में हमारा अधिकतर उत्पादन खेतों में ही सड़ने लगा। जिस कारण हमें बहुत घाटा उठाना पड़ा और बैंक की किस्ते जमा करनी मुश्किल पड़ गयी।

थक-हार कर हमें यह व्यवसाय बन्द करना पड़ा और बैंक की किस्ते जमा करने का और कोई जुगाड़ न देख मुझे गाँव छोड़कर दिल्ली जाना पड़ा। तब से आज तक दिल्ली की कमाई बैंक की किश्तों को भरने में ही लग रही है।'

उसने अपनी पूरी कहानी सुनाई। मैंने देखा उसके चेहरे पर उदासी छा गयी थी। उसकी कहानी मुझे अक्षरश: सत्य लगी।

मैं सोचने लगा कि वास्तव में यदि हमारा नवयुवक इसी तरह से टूटता रहेगा तो उसका पहाड़ और पहाड़ की कृषि से मोह भंग होना स्वाभाविक है। युवाओं को कृषि, पशुपालन और उद्यानीकरण से जोड़ने के लिये हमारी सरकार के पास योजनायें तो हैं किन्तु उसको संसाधन और बाजार उपलब्ध कराना भी तो सरकार का ही दायित्व है।

अब मुझे समझ में आ गया था कि वह मुझे देखकर बार-बार मुस्करा क्यों रहा है। शायद उसकी मुस्कान यही पूछ रही थी कि मेहनत तो हम करेंगे, लेकिन उसका उचित मूल्य कहां से मिलेगा? कौन दिलायेगा? अब मुझे अपने भाषण में संशोधन करने की आवश्यकता भी महसूस हो रही थी। मैं गम्भीर हो गया था।

वह फिर एकटक मुझे देखने लगा। मुझे गम्भीर हुआ देखकर उसने पूछा ।

'क्या हुआ साहब !'

'नहीं कुछ नहीं।' मैं चौंका।

'एक बात बताइये?' उसने पहली बार कोई सवाल किया था मुझसे।

'जब आप अपने भाषण में युवाओं को कृषि से जोड़ने के लिये प्रेरित करते हैं तो क्या यह भी बताते हैं कि उनका उत्पाद किस तरह बाजार तक पहुंच पायेगा?'

मैं निरूत्तर था। विषय बदलने के लिये मैंने उससे पूछा-'तुम्हारे उन फलदार पौधों का क्या हुआ?'

उसके चेहरे पर अचानक चमक आ गई। मैंने साफ देखा, भविष्य के सुनहरे सपने उसकी आंखों में तैर रहे थे।

'साहब उसी आस में तो जी रहा हूं। मेरे उन पौधों ने अब पेड़ों का रूप ले लिया है। धीरे-धीरे अब उन्होंने फल देने शुरू कर दिये हैं। एक-दो वर्ष

बाद जब सभी पेड़ों पर फल आ जायेंगे, तब कोई भी तंगी नहीं रहेगी,' उसने खुश होकर कहा। 'लेकिन साहब आप एक वर्ष के अन्दर-अन्दर ऐसी योजना जरूर बनवा दीजिये जिससे कि हमारे फलों का उचित मूल्य भी बाजार में मिल जाये।'

जिस सवाल को सुनकर मैं निरूत्तर हो गया था। उसने स्वयं ही उसका उत्तर मुझे सुझाव के रूप में दे दिया था।

उसकी बात सुनकर व उसके चेहरे की रंगत देखकर मन को आत्म संतुष्टि की अनुभूति हो रही थी, कि विगत चार वर्षों से घोर हताशा में जीकर मलिन पड़ चुके इस नौजवान के चेहरे पर अब बसंती बहारें लौट आने को उत्सुक थी।

8

संकल्प

मनवर को पुलिस पकड़ कर ले गई तो गांव में हड़कम्प मच गया। हर सांय कच्ची शराब को हलक में उतारने वालों के लिए यह बुरी खबर थी। देखते ही देखते यह खबर पूरे इलाके में जंगल की आग की तरह फैल गई। करछूना गांव की महिला पंचायत की यह हाल के दिनों में सबसे बड़ी सफलता थी और उस रात गांव की महिलाओं ने पधान काका के बड़े चौक में 'झुमैलो' लगाकर अपनी खुशी का इजहार किया था।

गांव में इस शराब विरोधी मुहिम को परवान चढ़ते देख, इर्द-गिर्द के दारू प्रेमियों की बेचैनी बढ़ गई थी और उन्होंने शराब विरोधी आंदोलन को हवा देने वाली महिलाओं को सबक सिखाने की ठान ली।

सीमंध के सेरे वाली खेतों की हरियाली इसी कच्ची शराब की भेंट चढ़ गई थी। वहाँ के सोना उगलते खेतों के बासमती चावल की खुशबू पूरे इलाके में फैली थी। लहलहाते धान के खेतों को देखते ही मन प्रफुल्लित हो जाता और लोग कहते न थकते कि 'बासमती हो तो सीमंध जैसी।'

सीमंध के उपजाऊ खेतों के हक-हकूकों को लेकर गड़ूना और करछूना के काश्तकारों में कई बार मुकदमें चले, कोर्ट कचहरी तक जाते-जाते गाँववालों की एड़ियाँ घिसती रहीं।

गृहणियों ने अपने मंहगे जेवरात तक बेच डाले, लेकिन दोनों गांव की इस पुश्तैनी जमीनी लड़ाई में एक भी पक्ष हार मानने को तैयार न था। कोर्ट ने इस जमीन के मालिकाना हक पर यथास्थिति का निर्णय दे दिया। फलत: करछूना के काश्तकारों की फसलें इन खेतों में कई वर्षों से लहलहा रही थी। दोनों गांवों के बीच की यह लड़ाई किसी से छिपी न थी। पिछले साल जब से गड़ूना के ग्रामीणों ने रातों रात सीमंध की खड़ी फसल को कटवा दिया, तब

से दोनों गांव के सामान्य होते सम्बंधो को फिर ग्रहण लग गया और दोनों गांवों के लोग एक दूसरे के खून के प्यासे हो गये।

मनवर की बनाई हुई शराब की इस इलाके में खासी मांग थी। लगभग एक दर्जन से अधिक गांवों के नशेड़ियों की विचित्र हरकतों और रातों की सैरगाह बना करछूना गांव आखिर कब तक मूकदर्शक बना रहता। इन दोनों गांवों में एक पारस्परिक समानता भी थी। जिस प्रकार शराब पीने के लिए दोनों गांवों के पुरूष एक ही अड्डे पर जाते थे, उसी प्रकार शराब विरोधी मुहिम को लेकर दोनों गांवों की महिलायें एकजुट होकर अपने पुराने पुस्तैनी झगड़ों को भूलकर 'महिला पंचायत' के बैनर तले अपनी लड़ाई में खुलकर सामने आ जाती। कुन्ती के नेतृत्व में महिलाओं की शराब विरोधी मुहिम परवान चढ़ चुकी थी, किन्तु एक सांय शौच के लिये गई कुन्ती की आबरू को वहशी भूखे भेड़ियों ने तार-तार कर दिया।

इस घटना ने सारे इलाके में लोगों के रोंगटे खड़े कर दिये। लोग समझ गये थे कि कुन्ती की इज्जत से खेलने वाले दरिंदो को शराब विरोधी मुहिम में उसकी अगुवाई खटक गई थी और कुन्ती के साथ हुआ बलात्कार उसी प्रतिशोध की भावना का परिणाम था। कुन्ती का नेतृत्व-कौशल इतना प्रखर था कि उसने विरोधी गांव की महिलाओं को भी एक मंच पर लाकर यह साबित कर दिया कि ग्रामीण महिलाओं की समस्याओं की एक ही जड़ है, और वह है, 'शराब'! जब तक शराब का उन्मूलन नहीं होगा, तब तक महिलाओं की समस्याओं का अंत नहीं होगा। शराब का कारोबार जब तक गांवों में चलता रहेगा तब तक महिलायें बलात्कार जैसे कलंक को ढ़ोती रहेंगी, जिससे समाज का ताना-बाना ही छिन्न-भिन्न हो जायेगा और नई पीढ़ी भी इस अभिशाप से बच न सकेगी।

कोई और महिला होती, तो अपनी इज्जत के नाम पर जान दे बैठती। उस घटना के बाद कुन्ती के मन में भी कई बार आत्महत्या करने का विचार आया, लेकिन फिर वह सोचती कि इज्जत भी मेरी लुटी और जान भी मैं ही गवाऊँगी? कुंती का कठोर मन इस बात को स्वीकारने के लिए कतई तैयार न था कि बलात्कार के कलंक को धोने के लिए उसे आत्महत्या कर लेनी चाहिए।

उस रात वह एक पल के लिए भी झपकी तक न ले सकी थी।

सुबह होते ही उसने मनवर के चौक से सटे खेत की मिट्टी उठाकर, धरती माँ की सौगंध खाते हुए, चिल्ला-चिल्ला कर कहा, 'मैंने तुझे आत्महत्या के लिए मजबूर न किया, तो मेरा नाम भी कुंती नहीं।' प्रतिशोध की ज्वाला

में जल रही कुंती की आंखे आग उगल रही थी और चेहरा गुस्से से तमतमा रहा था। कुंती के रणचण्डी रूप को देख सभी लोग सहम गये थे।

गांव की दो-चार महिलाओं को साथ लेकर कुंती ने अपने साथ हुए बलात्कार की रिपोर्ट राजस्व पुलिस में दर्ज करवानी चाही, तो पटवारी ने रिपोर्ट दर्ज करने से ही साफ मना कर दिया। फिर तो कुंती व उसकी साथी महिलाओं के गुस्से का ठिकाना न रहा और उन्होंने मन बना लिया था कि वे अब रिपोर्ट रेगुलर पुलिस को करेंगी। गांव से दस मील दूर नागधार के बाजार जाकर कुंती ने अपने साथ हुए बलात्कार की रिपोर्ट दर्ज करायी।

रेगूलर पुलिस ने तत्काल कार्रवाही करते हुए करछूना में दबिश दी और बलात्कार के लिए नामजद मनवर पुत्र रणवीर सिंह व बबलू पुत्र डूंडा सिंह को गांव जाकर गिरफ्तार कर जेल भेज दिया।

मनवर और बबलू को जेल की सलाखों के पीछे करने के बाद भी कुंती के मन में जल रही आग शांत न हुई। कुंती ने अब संकल्प ले लिया था कि वह बलात्कारियों व शराबियों का नामों निशां मिटा कर ही दम लेगी।

मनवर को पुलिस पकड़ कर ले गई, तो उसने सरेआम कुंती को जलील करना चाहा, लेकिन कुंती के दृढ़ आत्म विश्वास एवं इच्छा शक्ति के सामने उसकी एक न चली। उसकी हरकतों को देखकर कुंती कह उठी, 'तुझे तो भगवान भी कभी माफ नहीं करेगा ! तूने सारे इलाके के लोगों को जहर बाँट कर कई हंसते-खेलते घरों को उजाड़ दिया, पापी! तुझे नर्क में भी जगह नसीब न होगी।' कुंती के मन का जैसे गुबार फूट चुका था।

मनवर भले ही जेल चला गया था, परन्तु उसके साथी फिर भी उन्हीं हरकतों को अंजाम देने में लिप्त थे। वे गांव की फिजा को खराब करना चाहते थे। वे जानते थे कि यदि गांव व इलाके का माहौल अच्छा हुआ तो उनकी दुकानदारी ही बंद हो जायेगी।

उन्होंने गांव में कुंती के खिलाफ अनर्गल दुष्प्रचार करना शुरू कर दिया। कुन्ती जैसी महिला की भावनाओं को ठेस पहुंचाने एवं उसे हतोत्साहित करने के लिए उन्होंने उसी रास्ते को चुना, जो सदियों से महिलाओं के विरूद्ध पुरूष प्रधान समाज अपनाता रहा है, किन्तु कुंती अपने ऊपर लगे कलंक से डरने वाली नहीं थी। उसने पूरे क्षेत्र की महिलाओं को एकजुट कर शराब-विरोधी अभियान को पूरी गति दी और उसे पूरे अंजाम तक पहुंचाकर ही दम लिया।

करछूना गांव की अशान्त वादियों में अब फिर से अमन-चैन लौट आया है। सीमंध के सेरे वाली खेतों की हरियाली और भी गहरा गई है। जमीन को लेकर दो गांवों के बीच का वर्षों पुराना जो टकराव था, वह अब समाप्त हो

गया है। गांव व पूरे इलाके में शराब की थैलियों की जगह दूध-घी की नदियाँ फिर से बहने लगी हैं। यह सब देख आज कुंती सुकून महसूस कर रही थी।

कुंती को लग रहा था कि उसके जीवन भर का व्रत अब सफल हो रहा है और जब गांववालों ने उसे निर्विरोध गांव का प्रधान चुना, तो उसके संकल्प को और ताकत मिल गई। उसकी गहरी नीली आंखों में जो सपने तैर रहे थे, वे वास्तव में एक आदर्श व समृद्ध गांव की कल्पनाओं से कहीं ऊपर थे।

गांवों में 'नशा उन्मूलन' के संकल्प की चमक कुंती के चेहरे पर दमक रही थी।   ●

9

कहां हुई भूल?

अँधेरा घिर आया था। अपने कमरे में अकेले कुर्सी पर बैठे नारायण सिंह को अपनी दुनिया भी ऐसे ही अँधेरी नजर आ रही थी। उन्होंने चाहा कि उठ कर लाइट जाला दें, लेकिन हिम्मत नहीं हुई, 'यह अँधेरा ही ठीक है अब मेरे लिए, उजाले में तो घर की हर वस्तु मुझे बीते हुए दिनों की याद ही दिलायेगी।' स्वयं से ही बोले थे नारायण सिंह।

इस अफरा-तफरी और दुःखद माहौल में, घर में भी शायद किसी को पता नहीं है कि इस सब से भाग कर वे इस समय कहाँ बैठे हैं? वरना घर का कोई सदस्य या नौकर आकर कमरे में रोशनी कर जाता। चलो, अच्छा ही हुआ। उजाले में दिखने वाले वर्तमान से उन्हें डर लगने लगा था। यही अँधेरा उन्हें वर्तमान से भूतकाल में ले गया।

पहाड़ पर स्थित एक छोटे से गाँव के निवासी हुकुम सिंह की छः सन्तानों में सबसे छोटे थे नारायण सिंह। घर की आर्थिक स्थिति बहुत अच्छी नहीं थी। थोड़ी सी खेती योग्य जमीन थी, जिससे इतने बड़े परिवार का गुजारा होना असम्भव था। पिता व बड़े भाई गांव के अन्य लोगों के खेतों में हल चलाकर व गाय-बकरी पालकर घर की आमदनी बढ़ाने का प्रयास करते। गांव के पास ही एक प्राथमिक विद्यालय था। दो बड़े भाई व बहन वहीं से पांचवीं की परीक्षा उत्तीर्ण करने के पश्चात घर के काम में हाथ बँटाने लगे थे। पिता की न तो आगे पढ़ाने की हिम्मत थी, न ही उन्होंने आवश्यकता समझी। शेष दोनों भाई उसी पाठशाला में क्रमशः तीसरी व चौथी कक्षा में पढ़ रहे थे।

जब नारायण ने छः वर्ष की उम्र होने पर पहली कक्षा में प्रवेश लिया, तो वर्षों से चली आ रही फटी-पुरानी किताबें उसे विरासत में मिली थी। अन्य भाई-बहिनों की अपेक्षा नारायण का दिमाग तेज था। नारायण ने जब पहली

कक्षा में प्रथम स्थान प्राप्त किया तो अचानक ही वह गुरूजनों की आँखों का तारा व गांव के अन्य धनी व सम्पन्न सहपाठियों के बीच ईर्ष्या का कारण बन गया। अपनी खिसियाहट उतारने के लिए वे नारायण की फटी-पुरानी किताबों व साधारण से कपड़ों का मजाक उड़ाया करते।

आरम्भ में तो नारायण ने इस पर अधिक ध्यान नहीं दिया व शान्त रहा, परन्तु जैसे-जैसे वह बड़ा होता गया, तथाकथित सम्पन्न व धनी लोगों के प्रति उसके मन में विद्रोह बढ़ता गया। ऐसे ही कुछ लोगों के प्यार व कुछ लोगों की ईर्ष्या के बीच समय बीतता रहा। नारायण अब चौथी कक्षा में पढ़ रहा था। जैसे-जैसे वह हर कक्षा में अपनी योग्यता के आधार पर अपने सभी सहपाठियों के बीच अब्बल साबित होता, उतना ही उसके सुविधा सम्पन्न सहपाठी उसकी दरिद्रता को निशाना बना, उसे नीचा दिखाने का कोई मौका हाथ से नहीं जाने देते।

एक दिन तो हद ही हो गई। उसके एक सहपाठी ने उसकी पहले से ही फटी कमीज में अँगुली डालकर उसे पूरा ही फाड़ डाला। कमीज जीर्ण-शीर्ण अवस्था में वैसे ही थी, खिंचते ही पूरी फट गई और नारायण की दुबली-पतली काया फटी कमीज के अन्दर झाँकने लगी।

'अरे इसकी कमीज तो कागज की बनी थी।' वह लड़का जोर से हँसा और इसी के साथ पूरी कक्षा टहाकों से गूँज उठी। अपमान और गुस्से से नारायण का चेहरा तमतमा गया और गुस्से में न जाने कहाँ से इस दुबली पतली काया में गजब की ताकत आ गई। अचानक ही उसने जोर-जोर से हँसते हुए उस सहपाठी को अपनी ओर खींचा और जब तक कि कोई कुछ समझ पाता, नारायण ने उस पर घूंसों से ताबड़तोड़ तीन-चार प्रहार कर दिये।

नारायण के इस रूप को देखकर पूरी कक्षा सहम गई और उस लड़के ने तो जोर-जोर से रोना आरम्भ कर दिया। शोर सुनकर अध्यापक कक्षा में आ गये। उनके आते ही सारी कक्षा शांत हो गई। अध्यापक कुछ पूछते, उससे पहले ही एक छात्र बोल उठा 'मास्टर जी, नारायण ने कमल को मारा।'

'नारायण! लेकिन ऐसा क्यों किया तुमने?' और उनका ध्यान नारायण की फटी हुई कमीज और फिर कमल की ओर गया, जो अभी भी रो रहा था।

नारायण अपने अपमान के साथ-साथ इस बात को लेकर भी दुःखी था कि कल वह स्कूल क्या पहन कर आयेगा। उसके पास तो एक ही कमीज थी।

मास्टर जी ने दोनों को डांट-फटकार कर मामला वहीं शांत कर दिया, किन्तु अभी तो इसकी सुनवाई गाँव में भी होगी, यह नारायण को पता नहीं था।

कमीज फटने पर मार पड़ने के भय से नारायण देर से घर पहुँचा, लेकिन घर पहुँचने पर पता चला कि मार तो पड़ने वाली है, परन्तु कमीज फटने पर नहीं, किसी और कारण से। पिता गुस्से में बड़बड़ा रहे थे, 'पता नहीं क्या समझता है अपने आप को? पढ़ाई में अव्वल क्या आने लगा, चला गांव के जमींदारों से मुकाबला करने। अबे, अन्नदाता हैं हमारे वे।'

ज्यों ही नारायण ने घर की देहरी पर कदम रखा, पिता ने आव देखा न ताव दो थप्पड़ जड़ दिये उसके, 'बहुत बड़ा बदमाश बन गया है तू। जमींदारों के बच्चे को मारेगा? कल से तेरा स्कूल जाना बन्द।'

'लेकिन उसने मेरी कमीज फाड़ी थी और पूरी कक्षा में मेरा मजाक बनाया था।' नारायण रूआंसी आवाज में बोला।

'तो क्या हुआ? सोना जड़ा था तेरी कमीज में क्या? फट गई तो कौन सा आसमान टूट पड़ा। चल मेरे साथ, अभी माफी माँग उनसे।' पिता का क्रोध शान्त नहीं हुआ था।

'मैं नहीं माँगूगा माफी, मेरी क्या गलती है?' नारायण अड़ गया था।

'नहीं माँगेगा माफी?' इतना कहते ही पिता ने गुस्से में उसके दो थप्पड़ और जड़ दिये थे। उसका हाथ पकड़कर लगभग घसीटते हुए उसे कमल के घर की ओर ले गये।

वहाँ पहुँचकर उन्होंने नारायण को कमल के पिता के सामने खड़ा कर दिया। 'साहब मेरे बेटे से गलती हो गई। छोटा है न अभी, नहीं समझता किसके साथ कैसे व्यवहार करना है?' नारायण के पिता स्पष्टीकरण देते हुए बोले।

कमल के पिता जो कि तिबार में बैठे हुक्का पी रहे थे, ने आँख उठाकर नारायण की ओर देखा 'हूँ तो ये तुम्हारा बेटा है। समझाओ इसे कि बड़ों और छोटों में अन्तर करना सीखे।' फिर नारायण की फटी कमीज की तरफ इशारा करते हुए बोले, 'अरे इसकी कमीज तो पूरी ही फट गई। कल कैसे स्कूल जायेगा? ऐसा करो थोड़ी देर में आना, हम कमल की पुरानी कमीज इसके लिए दे देंगे', इतना कहकर वे उठकर अन्दर चले गये।

'आपका ही सहारा है मालिक! आप नहीं होते तो बच्चे भूखे मर जाते मेरे।' नारायण के पिता की आवाज और अधिक दयनीय होती चली गई।

'देखा तूने, ऐसे होते हैं बड़े लोग? तूने उनके बेटे को मारा, तब भी उन्हें तेरे स्कूल जाने की चिन्ता है।' नारायण को क्षोभ था कि कोई उससे ये क्यों नहीं पूछता कि उसने कमल को क्यों मारा? उसकी कमीज कैसे फटी?

घर पहुँचकर सीधे माँ के पास जाकर रसोई में बैठ गया। सबसे छोटा होने

के कारण माँ का लाड़ला था। उसे उम्मीद थी माँ उसका पक्ष लेगी, लेकिन माँ तो चुप थी, उन्हें चुप देख नारायण स्वयं ही बोल पड़ा-

'माँ! उसने मेरी कमीज फाड़ी, उसको तो किसी ने कुछ नहीं कहा और सब मुझे ही क्यों डांट रहे हैं?'

'बेटा, वे बड़े लोग हैं। तेरे पिता और भाई उनके खेतों में मजदूरी करते हैं, हल चलाते हैं, कभी विपत्ति पड़े, तो दो पैसा उधार भी मिल जाता है। हम उनकी बराबरी नहीं कर सकते।' माँ ने विवशता प्रकट करते हुए नारायण को सीने से लगा लिया।

'माँ वे इतने अमीर और हम इतने गरीब क्यों है? ऐसा क्यों होता है?' माँ से इसका कोई उत्तर न पाकर नारायण पुन: बोला 'थू! मैं भीख में दी हुई उनकी कमीज पहन कर स्कूल नहीं जाऊँगा। कोई पुरानी कमीज होगी, उसे ही ठीक कर देना। मुझे उनका कुछ नहीं चाहिए। एक दिन मैं भी उनकी तरह बड़ा बन के दिखाऊँगा।'

नारायण की बातें सुनते ही माँ की आँखे छलछला आई थी। उन्होंने नारायण को कसकर सीने से लगा लिया और रोते हुए बोली 'ठीक है, बेटा तेरी फटी हुई कमीज आज रात को ही सिलाई मारकर ठीक कर दूँगी।

इस बात को बीते कई वर्ष हो गये। यहीं से नारायण के मन में विद्रोह की भावना पनपती चली गई।

पांचवीं की परीक्षा में नारायण ने पूरे विकास खण्ड में प्रथम स्थान प्राप्त किया, तो सरकार ने उसे आगे की पढ़ाई के लिए छात्रवृत्ति स्वीकृत कर दी।

गांव से लगभग चार मील की दूरी पर हाईस्कूल और उसके साथ ही छात्रावास भी था। दूरस्थ गांवों के सुविधा सम्पन्न विद्यार्थी था, छात्रावास में ही रहा करते थे। अधिकांश गरीब विद्यार्थी या तो पांचवीं के पश्चात ही स्कूल छोड़ देते या नित्य प्रति तीन-चार मील पैदल चलकर पढ़ने आते। नारायण भी इन्हीं बच्चों में से एक था। चूंकि छात्रवृत्ति मिल रही थी, तो नारायण के पिता आगे पढ़ाने से मना भी नहीं कर पाये, साथ ही नारायण के अध्यापकों के आग्रह को भी वे टाल नहीं पाये।

'बहुत होनहार बेटा है आपका, आगे चलकर नाम कमायेगा और लगता है आपकी भी जिन्दगी सुधर जायेगी।' अध्यापक कहते तो नारायण के पिता को कुछ सुकून मिलता।

और इसके पश्चात् नारायण ने मुड़कर नहीं देखा। हाईस्कूल व इण्टरमीडिएट में अच्छे अंको के बल पर उसे कॉलेज में भी छात्रवृत्ति मिल गई।

नारायण की प्रखरता अब बढ़ती जा रही थी। कॉलेज में आकर धीरे-धीरे वह छात्र राजनीति में भी सक्रिय रहने लगा। गरीबों और दबे हुए लोगों के लिए कुछ कर गुजरने की इच्छा, उसे राजनीति में ले आई। लेकिन मन अभी भी गांव में अटका हुआ था। उसने स्नातक की परीक्षा अच्छे अंकों में उत्तीर्ण कर ली। इसी बीच वह गांव के पास स्थित विकासखण्ड मुख्यालय में ग्राम-विकास अधिकारी के पद हेतु चयनित हो गया।

इस पद पर रहते हुए उसने मेहनत और लगन से काम कर आस-पास के क्षेत्र के लोगों में अपनी प्रभावी साख बना ली थी। गांव में ही कुछ कृषि योग्य भूमि खरीद कर अपने पिता व भाइयों को एक सम्मानजनक जिन्दगी जीने योग्य बना दिया था उसने। इसी बीच पिता ने पड़ोस के गांव की सुन्दर, सुशील युवती कमला से नारायण का विवाह कर दिया। दस वर्ष पलक झपकते ही कैसे बीत गये, नारायण को पता भी न चला। इसी बीच वह दो पुत्रियों का बाप बन चुका था।

आखिरकार नारायण की क्षेत्र में अच्छी साख और छात्र जीवन में राजनीति में उसके अनुभव को देखते हुए एक राजनीतिक पार्टी ने उसे चुनाव लड़ने का न्यौता दिया, तो नारायण के अन्दर की दबी हुई इच्छा जागृत हो उठी और उसने चुनाव लड़ने का फैसला कर लिया।

एक तो उसका विनम्र व्यवहार, साथ ही नौकरी के दौरान उसके द्वारा क्षेत्रवासियों के लिए किये गये कार्यों ने उसे भारी बहुमत से विजयश्री दिलवा दी और यहीं से आरम्भ हुआ नारायण का राजनीतिक जीवन सफर। अगले ही वर्ष कमला ने एक पुत्र को जन्म दिया, जिसका नाम रखा गया, आदित्य।

इसके बाद नारायण ने पीछे मुड़कर नहीं देखा। राजनीतिक जीवन में दो बार मंत्रीपद पर रहने के बाद भी नारायण ने अपनी स्वच्छ छवि पर आंच नहीं आने दी। भाई-भतीजावाद का आरोप न लगे, इसके लिए उसने परिवार के सदस्यों को राजनीति से दूर ही रखा। बच्चों को हमेशा अच्छी पढ़ाई व अपने पैरों पर खड़ा होने के लिए प्रेरित किया। इसी का परिणाम था कि दोनों बेटियां अपनी पढ़ाई पूरी करने के उपरान्त स्वयं की योग्यता के बल पर उच्च पदों पर कार्यरत थी, किन्तु आदित्य दिमाग तेज होने के बावजूद पढ़ाई में अधिक ध्यान नहीं देता था। ऊपर से कमला के लाड़-प्यार ने उसे बिगाड़ दिया था। यद्यपि नारायण चाहते थे कि जिस अभाव में उनका जीवन बीता है, उसकी छाया भी उनके बच्चों पर न पड़े। साथ ही वह बच्चों से अनुशासित होने की अपेक्षा भी रखते थे।

सच तो यह था कि आदित्य के मामले में कमला के आगे उनकी एक

न चल पाती थी। जैसे-जैसे वे राजनीति में ऊँचे पायदान पर चढ़ते गये, वैसे-वैसे घर के लिए उनका वक्त कम होता चला गया।

कॉलेज पहुँचते ही आदित्य और अधिक निरंकुश हो गया। उसके मित्रों की मण्डली भी अच्छी नहीं थी। उसकी हरकतों के अधिकांश समाचार तो घर तक पहुँच ही नहीं पाते थे, क्योंकि ऐसा करने पर समाचार देने वाले को नतीजा भुगतने की तुरन्त धमकी मिल जाती।

कमला आदित्य की हरकतों को जानती तो थी, लेकिन कुछ तो नारायण के कठोर स्वभाव से और कुछ उनकी व्यस्तता के कारण उन्हें कुछ भी न बताती।

आदित्य हमेशा ही अपनी चंडाल-चौकड़ी से घिरा रहता था। आखिर उसके पास दोस्तों पर लुटाने को बहुत सारा पैसा जो था। इसके साथ ही प्रभावशाली पिता की सन्तान होने के कारण उसकी करतूतों पर कोई जल्दी कुछ कहने की हिम्मत भी नहीं जुटा पाता था।

इन्हीं दिनों शहर में नगर निगम के चुनाव घोषित हो गये। आदित्य के मित्रों ने उसे लगे हाथ मेयर का चुनाव लड़ने की सलाह दे डाली। 'यार, तू अपने पिता से बात क्यों नहीं करता? वे तो तुझे आसानी से अपनी पार्टी से टिकट दिलवा देंगे। एक बार राजनीति में दाखिल हो जा, फिर तो आगे सब ठीक हो चलेगा।'

'कह तो तू ठीक रहा है, यार! लेकिन पिताजी तो इसके लिए कभी नहीं मानेंगे। मेयर के लिए तो वे अपनी पार्टी के किसी कार्यकर्ता को ही टिकट दिलवायेंगे।'

'अरे यार, तेरे पिता इतना सा काम भी नहीं कर सकते? लोगों ने तो अपने परिवार के लिए क्या-क्या नहीं किया? तू एक बार बात तो कर और वैसे भी तू और कर भी कया पायेगा? नौकरी तो करने से रहा। तुझे भी तो अपनी जिन्दगी संवारनी है। हमेशा ऐसे ही तो नहीं भटकता रहेगा।' दोस्तों ने आदित्य को उकसाने का कुत्सित प्रयास जारी रखते हुये कहा।

मित्रों के उकसावे पर आदित्य की हिम्मत भी बढ़ गई। उसकी समझ में उनकी बात आ रही थी, 'पिताजी अभी तो दिल्ली गये हैं, दो दिन बाद लौटेंगे, तभी उनसे बात करूंगा।'

दो दिन बाद आदित्य के मुँह से मेयर के टिकट की बात सुनकर नारायण चौंक गये। 'क्या कहा? मेयर का टिकट? पागल हो गया है क्या? इतना आसान होता है टिकट पाना? लोग तो वर्षों से पार्टी के लिए तन-मन लगाये हुए हैं। वर्षों से लोगों के बीच काम कर रहे हैं। टिकट उन्हें नहीं मिलेगा, तो क्या तुझे मिलेगा?'

'लेकिन पिताजी! आपका प्रभाव किस दिन काम आयेगा? आप मेरे भविष्य के लिए इतना तो कर ही सकते हैं।' आदित्य दोस्तों की जुबान बोल रहा था।

इतना सुनते ही नारायण आग बबूला हो उठे। 'अच्छा तो मेरे जीवन भर की मेहनत का फल पाना चाहता है तू? जानता है किन परिस्थितियों को झेलते हुए यहाँ तक पहुँचा हूँ और आज तक अपने ऊपर, आंच नहीं आने दी।'

'हाँ! आपको तो सिर्फ अपनी परवाह है। आपकी प्रतिष्ठा, आपका मान-सम्मान, इसके आगे तो आप किसी की चिन्ता ही नहीं करते। सिर्फ अपने बारे में सोचते हैं आप।' और आदित्य दनदनाता हुआ घर से बाहर निकल गया।

'कमला!' पत्नी को पुकारते हुए नारायण बोले 'ये आदित्य कह क्या कह रहा है? आजकल पता नहीं कहाँ से राजनीति का भूत सवार हुआ है? समझाओ उसे, यह सब इतना आसान नहीं है।'

'जी, मैं बात करूंगी उससे।' कमला ने कह तो दिया लेकिन वह स्वयं नहीं जानती थी कि आदित्य से वह कब बात कर पायेगी?

कुछ दिन सब शान्त रहा। नारायण ने भी इसे गम्भीरता से नहीं लिया और अपने काम में व्यस्त हो गये। एक दिन आदित्य घबराया हुआ सा घर आया और बैग में कुछ सामान लेकर तेजी से घर से निकल गया। जब तक कमला कुछ समझ पाती, आदित्य घर से बाहर निकल चुका था।

कुछ देर बार घर का नौकर जो अभी बाजार से लौटा था, कमला के पास आया और कहने लगा, 'अम्मा! बाजार में बहुत गड़गड़ हो गयी है। आज वो धर्मवीर है न, हाँ-हाँ वही जो मेयर का चुनाव लड़ रहे हैं।'

'क्या हुआ उन्हें?' कमला ने नौकर को बीच में ही रोककर पूछा।

'हाँ, वही अम्मा, उन्हें किसी ने गोली मार दी और घटनास्थल पर ही उनकी मृत्यु हो गई।' और फिर बहुत धीमी और घबराई सी आवाज में बोला 'अम्मा, लोग भैय्या जी के बारे में.........।'

'कौन? आदित्य! क्या कह रहे थे उसके बारे में?' कमला ने व्यग्रता से पूछा।

'अम्मा, वो मैं नहीं कह रहा हूँ, लोग कह रहे हैं कि धर्मवीर जी का खून भैया जी ने किया।' उसने घबराते हुए ही बात पूरी की।

'तो क्या इसीलिए आया था आदित्य घबराया सा?' कमला मन ही मन सोचते हुए बोली।

'अच्छा, तुम जाओ। पता नहीं क्या-क्या सुन कर आते हो?' कमला अपनी घबराहट छुपाते हुए बोली, लेकिन उसके जाते ही उसने तुरन्त पति को

फोन मिलाकर उनसे वस्तुस्थित जानने का प्रयत्न किया, लेकिन सम्पर्क नहीं हो पाया।

शाम होने को आ गई, किन्तु अभी तक कमला का नारायण से सम्पर्क नहीं हो पाया। उसे लग रहा था कि घर में हर तरफ खुसुर-फुसर हो रही है, लेकिन उसे देखते ही सब लोग चुप हो जाते हैं।

लगभग आधी रात के बाद नारायण घर लौटे। कमला की आंखों से नींद वैसे ही कोसों दूर थी। आदित्य भी अब तक घर नहीं लौटा था, वैसे तो वह अक्सर आधी रात के बाद ही घर लौटता था, लेकिन आज बात कुछ और थी। अनजानी आशंका से कमला का दिल बैठा जा रहा था। पति के आते ही उसे थोड़ा सहारा मिला।

'अरे आप आ गये। मैं तो कब से आपको फोन मिला रही थी। कमबख्त लाइन ही नहीं मिल रही थी। वैसे आप अचानक कैसे आ गये? कोई कार्यक्रम तो नहीं था आपके आने का?' कमला एक ही सांस में बहुत सारी बातें पूछ बैठी।

नारायण कुछ नहीं बोले, निढ़ाल से कमरे में रखे सोफे पर बैठ गये।

कमला ने पति की ओर देखा, तो चौंक गई। उनका चेहरा उतरा हुआ था, आंखे ऐसी हो रही थी मानों खूब रोये हों।

'क्या हुआ आपको? आप ठीक तो हैं न?'

'सब कुछ खत्म हो गया, कमला इतने वर्षों की मेहनत से अर्जित मान-सम्मान सब मिट्टी हो गया।' नारायण की आवाज में हताशा थी।

'ये क्या कह रहे हैं आप? ऐसा क्या हो गया।'

'आदित्य ने धर्मवरी का खून कर दिया कमला! और शहर से बाहर भागते हुए पकड़ा गया। इस समय वह जेल में है।'

तो क्या जो उसने नौकर से सुना था, वह सच था? 'लेकिन आदित्य ऐसा क्यों करेगा।' नारायण से बोली 'आपको जरूर कोई गलत फहमी हुई है, आदित्य ऐसा क्यों करेगा? उसको इस सब से क्या लेना देना? आप.......।'

'कमला!' नारायण ने उसे बीच में ही रोक दिया 'आदित्य ने यह सब दिन-दहाड़े किया है, कई लोगों ने देखा है उसे, और फिर शहर छोड़कर भागना, यह सब क्या दर्शाता है?'

'फिर भी, आप पता तो कीजिए।' कमला अब भी यकीन नहीं कर पा रही थी कि आदित्य ऐसा भी कर सकता है।

'ठीक है, कल पता करूंगा।' पत्नी को टाल दिया नारायण ने, किन्तु स्वयं से क्या छुपायेंगे? सब कुछ तो पता कर आये थे। झूठ की कोई गुंजाइश

नहीं थी। धर्मवीर उन्हीं की पार्टी का उम्मीदवार था। उन्होंने सोचा भी नहीं था कि आदित्य की अपरिपक्व राजनैतिक महत्वाकांक्षा इस रूप में सामने आयेगी।

क्यों उन्होंने उस दिन आदित्य की बात को गम्भीरता से नहीं लिया। अगर वे उसकी थोड़ा भी समय देकर ठीक से समझाते, तो शायद यह नौबत नहीं आती और न उनकी पद-प्रतिष्ठा इस तरह धूल-धुसरित होती। लेकिन अब क्या हो सकता है?

इस घटना को दस दिन हो चुके हैं। ये दस दिन नारायण ने ऐसे गुजारे, मानों एक सदी जी ली हो। बहुत सारे मित्रों, सम्बंधियों की असलियत नजर आई है, इन दस दिनों में। पहले लोग दूर-दूर की जान-पहचान निकालकर कभी उनसे मिलने का बहाना ढूंढते नजर आते थे। आज निकट के सम्बंधियों ने भी मुँह मोड़ लिया है।

'हे भगवान! कहाँ भूल हो गई मुझसे? जो आज यह दिन देखना पड़ रहा है। नारायण ने लम्बी सांस ली। तभी कमला ने कमरे की बत्ती जलाकर उनकी तन्द्रा भंग कर दी और लाईट जलते ही वे वर्तमान के धरातल पर लौट आये थे।

'आप यहाँ बैठे हैं और मैं सब जगह आपको ढूँढ आई, चलिए खाना लग गया है।'

'चलो कमला! मैं आता हूँ पांच मिनट में।'

कल आदित्य के मुकदमें की सुनवाई है। वैसे इतना साफ है कि जज को फैसला देने में ज्यादा मेहनत नहीं करनी पड़ेगी। आज यह दिन देखने के लिए भी उन्हें जीवित रहना होगा, ये कभी नहीं सोचा था उन्होंने! यही सोचते-सोचते वे धीरे-धीरे भोजन कक्ष की ओर बढ़ चले......। ●

10

अंधेर

कभी सभ्यता-संवेदना के पर्याय रहे हमारे नगर-महानगर आज कितने रसातल में जा पहुँचे हैं। हम छोटे से सुख और छोटे-छोटे स्वार्थों के लिए कितने घिनौनेपन पर उतर आए हैं। हमारी मानवता, संवेदना कितनी जड़ हो गई है। इन तमाम सवालों को समेटे, एक ऐसे ही महत्वपूर्ण केस की अदालत में सुनवाई चल रही थी। कोर्ट खचाखट भरा था। मामला मानवाधिकार को लेकर था। बड़ी सी कुर्सी पर बैठे माननीय न्यायाधीश महोदय, गंभीरता से बहस सुन रहे थे।

'जज साहब! ये तो मानवाधिकारों का खुल्लमखुल्ला उल्लंघन है। बड़े से बड़े अपराधी को भी अपनी बात कहने का मौका दिया जाता है और इन पर तो अभी अपराध सिद्ध भी नहीं हुआ था कि पुलिसिया करतूतों के चलते उनकी जान चली गई।'

अपनी दलील को पुख्ता करते हुए वकील साहब ने बतौर सबूत कई गवाह भी पेश किये। ताकि यह बात साबित हो सके कि पुलिस ने फर्जी मुठभेड़ दिखाकर इन युवकों की जान ले ली।

जोश में आए वकील साहब ने इसके बाद पुलिस की जमकर फजीहत की। जितने भी विशेषणों से वह नवाज सकते थे, उसमें उन्होंने कोई कसर नही छोड़ी।

जज साहब ने उस दिन की कार्यवाही वहीं समाप्त कर दी और अगली सुनवाई की तिथि निर्धारित कर दी। जज साहब के उठते ही कोर्ट खाली हो गया।

सुनयना भी वहीं बैठी थी। भीड़ निकल जाने के बाद वह पास ही कुर्सी से उठ खड़ी हुई और बड़ी बहन नलिनी का हाथ थामकर कक्ष से बाहर निकल

आई। उसने आँखों में गहरा काला चश्मा चढ़ा रखा था। पर चेहरा उसका बड़ा ही विद्रूप और डरावना लग रहा था। ठुड्डी के मांस का लोथड़ा न जाने कैसे नीचे लटक कर गले से चिपक गया था।

लोगों का कहना था कि, यह युवती कभी बेहद खूबसूरत थी। आँखें हिरनी सी सुंदर और जादुई। माँ-बाप ने इन्हीं आँखों पर रीझकर उसे नाम दे दिया-सुनयना। ज्यों-ज्यों वह बड़ी हुई, और निखरती चली गई। दिखने में वह जितनी सुन्दर थी उतनी ही पढ़ने में कुशाग्र भी। लोग उसकी सुंदरता के कायल थे। कॉलेज से लेकर बाहर तक उसी के चर्चे रहते। हर कोई उससे दोस्ती गाँठने को लालायित रहता।

वह अपनी ही दुनिया में मस्त थी। इसी बीच उसे लगा कि उसका एक सीनियर जब तब उसके आस-पास मँडराता रहता और जब-तब फब्तियाँ कसता। शुरू-शुरू में तो सुनयना ने उसे कुछ खास गंभीरता से नहीं लिया। लेकिन जब वह धीरे-धीरे अपने कुछ सिरफिरे आवारा किस्म के साथियों के साथ अक्सर उसके घर के बाहर खड़ा रहने लगा, तो उसने इसकी शिकायत अपने मम्मी-पापा से कर दी। घर में भी चिन्ता बढ़ गई। जवान बेटी को लेकर उनका चिंतित होना स्वाभाविक भी था।

तीन संतानों में सुनयना मँझली संतान थी। बड़ी बहन नलिनी कॉलेज की पढ़ाई पूरी कर एक स्थानीय स्कूल में अध्यापिका बन गई। छोटा भाई वरूण सुबह-सुबह ही स्कूल निकल जाया करता था। पिता सरकारी सेवा में थे और उन्हें भी सुबह जल्दी ही दफ्तर निकल जाना होता। सुनयना को कॉलेज छोड़ने वाला ऐसा कोई घर में नहीं था और यह फिर एक दिन की भी समस्या थी नहीं।

पिताजी ने मामले को ज्यादा गंभीरता से नहीं लिया। उनको लगा ये नादान लड़के हैं, नासमझी में शरारत करते ही हैं। थोड़ा डाँट डपटकर सहम जाएँगे। सोचा क्यों न स्कूल के प्रिंसिपल से ही शिकायत कर उन्हें डपट दिया जाए। वह स्कूल जा धमके और अपनी परेशानी बताते हुए उन लड़कों की पेशी करवा दी।

उसके बाद कुछ दिन मामला शांत रहा, तो सुनयना भी बेफिक्र होकर पढ़ाई में व्यस्त हो गई। इस पर घर में सभी ने राहत की साँस ली। लेकिन किसे मालूम था कि यह किसी आने वाले तूफान से पहले की शान्ति थी। कुछ ही दिन बाद एक ऐसी काली साँझ आई, जिसने सुनयना की जिंदगी ही नरक बना दी।

उस दिन कॉलेज के बाद सुनयना अपनी सहेली के घर कुछ नोट्स लेने गई थी। लौटते हुए थोड़ी देर हो गई। शाम का धुँधलका छाने लगा था। बस

स्टाप पर इक्का-दुक्का लोग ही खड़े थे। सुनयना भी अपनी सहेली के साथ खड़ी बस के आने की प्रतीक्षा कर रही थी।

इतने में धड़धड़ाती एक ही मोटरसाइकिल पर सवार तीन युवक आ धमके और उन दोनों के ठीक सामने आकर रूक गए। वह कुछ सँभल पाती, इतने में ही वह उससे छीना झपटी करने लगे। लड़के नहीं माने, तो उन्होंने चिल्लाना शुरू कर दिया। इस पर वह सिरफिरे युवक मारपीट पर आमादा हो गए।

भीड़ जुटती देख उनमें से एक युवक ने जेब से शीशी निकाली और उसका ढक्कन खोलकर पूरी शीशी सुनयना के चेहरे पर उँड़ेल दी। आस पास मौजूद लोग कुछ समझ पाते, उससे पहले ही वे शरारती युवक बाइक पर सवार होकर भाग खड़े हुए। सुनयना यकायक दर्द से कराह उठी। ऐसा लगा मानो किसी ने कोई उबलती हुई चीज उस पर उँड़ेल दी हो। सुनयना को अपना चेहरा पिघलता हुआ सा प्रतीत हुआ।

'बहुत घमण्ड है न तुझे अपने चेहरे पर, तो ये ले।'

बस इतना ही सुन पाई सुनयना और उसके बाद क्या हुआ सुनयना को कुछ भी याद नहीं।

होश आया तो वह अस्पताल में थी। चेहरे पर भारी जलन हो रही थी। मानो उसे किसी तपती भट्ठी में झोंक दिया गया हो। चारों तरफ घना अन्धकार था। आसपास खड़े लोगों को वह बातचीत से ही पहचान पा रही थी।

लोग बतिया रहे थे कि उन सिरफिरे लड़कों ने उस पर तेजाब उँड़ेला था। इस हरकत में वह युवक भी सम्मिलित था, जो अक्सर उसे परेशान किया करता था। तेजाब से जलकर पूरा चेहरा कुरूप हो गया था। डॉक्टर कह रहे थे, आँखे भी जा सकती हैं।

'नही ऽऽऽ' सुनयना कमी चीख से पूरे अस्पताल में सन्नाटा छा गया। वह बहुरी तरह से छटपटा रही थी। कई दिनों तक वह ऐसे ही छटपटाती रही और फिर बेसुध हो जाती। थोड़ी हालत सुधरी तो पता चला कि घटना के दिन आस-पास मौजूद लोगों की सक्रियता से वे तीनों बदमाश पकड़ लिए गए। जिन्हें पुलिस के हवाले कर दिया गया था।

बाद में पुलिस ने खुलासा किया कि इन शातिरों ने पुलिस हिरासत से भागने का प्रयास किया, तो उन्हें रूकने की चेतावनी दी गई। नहीं माने, तो मजबूरन गोली चलानी पड़ी। इस आपाधापी में चली गोलियों से जख्मी तीन में से दो युवकों ने घटनास्थल पर ही दम तोड़ दिया।

बस फिर क्या था, अगले ही दिन से शहर में मानवाधिकार की दुहाई देने वालों के जुलूस-प्रदर्शन शुरू हो गये। पुलिस की कार्रवाई को लेकर उनमें भारी

रोष था। धीरे-धीरे लोग भी लामबंद होने लगे। दलीलें दी जाने लगी कि वे भले ही कितने ही बड़े बदमाश क्यों न थे, उन्हें अपने बचाव में सफाई का अवसर दिये बगैर ही मौत की नींद सुला देना तो खुली अराजकता है।

मामले के इस नये मोड़ से इधर सुनयना पर क्या बीत रही थी ये तो सिर्फ वही महसूस कर सकती थी या फिर उसके घर परिवार के लोग।

उधर कुछ समय बाद जब सुनयना के चेहरे की पट्टी खुली तो वही हुआ जिसका अंदेशा था। उसकी दोनों आँखों की रोशनी जा चुकी थी और चेहरा इतना वीभत्स हो गया था कि कोई पहचान भी नहीं पा रहा था कि यह वही सुनयना है।

उसके माता-पिता का तो और भी बुरा हाल था। माँ की आँखों से आँसू थमने का नाम न ले रहे थे। ऊपर से पुलिस की पूछताछ। उसके कई सवाल तो इतने तल्ख और बेहूदे होते कि उनके दुःख भरे मन को और छलनी कर जाते।

'आपकी बेटी कब से जानती थी उस लड़के को? क्या सम्बन्ध था उसका उन युवकों से?' जैसे कई बेसिर-पैर के सवाल उन्हें और विचलित कर देते।

लेकिन सुनयना को इस हादसे ने और भी मजबूत बना दिया। तन और मन दोनों की पीड़ा सहते हुए वह जिस संयम से सारे सवालों का जवाब देती, लोग देखते ही रह जाते।

कुछ महीनों बाद सुनयना अस्पताल से घर वापस आ गई। धीरे-धीरे चेहरे के घाव तो भरने लगे, लेकिन मन के घाव भरना नामुमकिन था। वह बार-बार अपने चेहरे पर हाथ फेरकर घावों की टोह लिया करती। कभी अपनी बहन तो कभी मम्मी से पूछती। वे सकपका कर रह जातीं। फिर उसका मन रखने को कह देती, जल्द ही वह ठीक हो जाएगी। पर मन ही मन सोचते, वह अगर खुद ही अपन यह वीभत्स चेहरा देख लेती, तो क्या बर्दाश्त कर पाती। फिर खुद को समझाते- 'शायद इसीलिए ईश्वर ने उसकी आँखें छीन ली होंगी?'

सुनयना कुछ और ठीक हुई, तो उसने ब्रेल लिपि सीखना आरम्भ कर अपनी पढ़ाई आगे जारी रखने की ठानी। क्या हुआ अगर उसका तन कुरूप हो भी गया तो उसके मन और दिमाग को तो कोई कुरूप नहीं कर सकता।

पढ़ाई से उसे कुछ और मानसिक बल मिला। उसने धीरे-धीरे न्यायालय में भी इस केस की सुनवाई की तिथि में जाना प्रारम्भ कर दिया। वह कोर्ट की कार्रवाई सुनती और यह भी महसूस करती कि कैसे वकील और मानवाधिकार संगठनों से जुड़े लोग पुलिस के हाथों मारे गए इन युवकों को महिमामण्डित कर रहे हैं। उसको लगता, इनका वश चले तो ये लोग उन्हें शहीद का ही दर्जा दिलवा दें।

आज सुनयना सुबह ही उठकर तैयार हो गई थी। आज न्यायालय में माननीय जज साहब के सामने उसकी गवाही होनी थी। उसके मम्मी पापा दोनों सहमे हुए से थे। हालाँकि उन्हें विश्वास था कि दृढ़ संकल्प व शान्त मन की सुनयना सारे हालातों पर पूरे हौसले से पार पा लेगी, लेकिन फिर भी उन्हें डर लग रहा था कि कहीं विपक्ष का वकील कोई ऐसे सवाल न कर दे जिससे वह आहत हो उठे।

नियत समय पर अदालत की कार्रवाई आरम्भ हुई। दोनों ओर से सवाल-जवाब हुए। वकील सवाल पूछ चुके तो सुनयना ने जज साहब से अपनी बात कहने का अनुरोध किया। उन्होंने सहर्ष उसे मंजूरी दे दी।

सुनयना ने सबसे पहले मानवाधिकार संगठन से जुड़े लोगों को उनकी सक्रियता के लिए धन्यवाद दिया। फिर अपनी प्रतिक्रिया व्यक्त की। अपराधियों से पुलिस द्वारा खुद ही निपट लिए जाने पर उसने जहाँ अफसोस जाहिर किया, वहीं अपने दिल का गुबार निकालते हुए, अपनी व्यथा भी जाहिर कर दी।

उपस्थित लोगों से उसका सवाल था—

'क्या मानवाधिकार संगठन सिर्फ मृत व्यक्तियों के लिए ही हैं! क्या मेरे मौलिक अधिकारों का उल्लंघन नहीं हुआ है, क्या हक था उन्हें मेरी आँखें छीन लेने का और मेरा चेहरा कुरूप कर डालने का! जो व्यक्ति इस दुनिया से चला गया, उसे तो जीवन से छुटकारा मिल गया, लेकिन मुझे तो जीना है। इन्हीं हालात में जीना है। यह कितना दुष्कर और दुरूह है, इसे कोई समझ पाएगा! मुठभेड़ को लेकर हायतौबा मचाने वाले और मानवाधिकारों की दुहाई देने वालों को क्या यह नहीं दिखता कि मेरे भी तो अधिकारों का हनन हुआ है। क्यों किसी एक भी व्यक्ति के मन में मेरे अधिकारों के हनन की बात नहीं आई! क्या यह मेरे प्रति अन्धेर नहीं है? आप सब धैर्यपूर्वक मेरे प्रश्नों को समझियेगा और सोचियेगा क्या मैं कहीं गलत हूँ।'

फिर एक गहरी साँस लेकर उसने अपने विचार रखने की अनुमति देने के लिए जज साहब का शुक्रिया अदा किया और हाथ में पकड़ी छड़ी का सहारा लेकर वह धीरे-धीरे कठघरे से बाहर निकल आई।

पूरे हाल में सन्नाटा पसर गया। सिर्फ सुनयना की छड़ी की आवाज ही उस सन्नाटे को तोड़ रही थी।

सुनयना के ये सवाल सिर्फ उसकी ही पीड़ा से नहीं जुड़े थे, बल्कि समाज में मानवाधिकारी और समाज सेवा का डंका पीटने वाले तथाकथित संगठनों पर करारी चोट भी थे।   ●

11

अहसास

हमेशा मस्त रहने वाला डॉ. आदित्य आज न जाने क्यों बुझा–बुझा सा था। गहन चिंतन में डूबा। 'साहब खाना लगा दूँ?' सोहन की आवाज सुन उसकी तन्द्रा टूटी। घड़ी की ओर देखा बारह बज चुके थे। एक घण्टा हो गया था उसे अस्पताल से आये, तब से न जाने किस सोच में डूबा था। सोहन एक दो बार धीरे से कमरे में झाँक भी गया था लेकिन साहब की आँखें बंद किये चुपचाप आराम कुर्सी पर अधलेटे पाया तो उसकी हिम्मत उन्हें जगाने की नहीं हुई।

'कितना व्यस्त रहते हैं साहब। जब से यहाँ आये हैं न खाने की सुध न आराम की। हर समय भागदौड़ में लगे रहते हैं।' सोहन ने मन ही मन सोचा।

लेकिन जब आदित्य को ऐसे ही बैठे काफी देर हो गई तो सोहन ने उन्हें उठाना ही उचित समझा।

'मुझे तो भूख नहीं सोहन। तू खाना खा और सो जा।' कहकर आदित्य उठ खड़ा हुआ और कपड़े बदलकर सोने की तैयारी करने लगा।

साहब परेशान लग रहे हैं आज। सोहन ने सोचा, लेकिन क्या पूछता उनसे, जितने बड़े लोग उतनी बड़ी परेशानी। सोहन ने खाना खाया, बर्तन धोये और सोने चला गया।

आदित्य शहर स्थित सरकारी अस्पताल का वरिष्ठ डॉक्टर था। इस पहाड़ी क्षेत्र में अचानक ही एक रहस्मयी बीमारी फैलने से प्रशासन द्वारा प्रतिनियुक्ति पर उसे यहाँ भेज दिया गया था। तेज बुखार और उल्टी दस्त से कई लोगों की जानें जा चुकी थी और सैकड़ों की संख्या में बीमारी से पीड़ित लोग रोज अस्पताल आ रहे थे। आज लगभग पन्द्रह दिन हो गये थे उसे यहाँ आए, और अब तक वे और उनकी टीम बीमारी पर काफी हद तक नियन्त्रण पा चुकी थी। व्यस्तता कहें या रिश्तों की कड़वाहट, आदित्य को इतने दिनों

में एक बार भी परिवार से दूरी का एहसास नहीं हुआ। लेकिन आज न जाने क्यों अपने पाँच वर्षीय पुत्र प्रसून का चेहरा बार-बार आँखों के सामने आ रहा था।

आदित्य और चित्रा का एक ही बेटा था प्रसून। आदित्य डॉक्टर तो चित्रा राज्य प्रशासन में उच्च पद पर सेवारत थी। दोनों के अपने-अपने काम के तनाव थे, लेकिन आपस में एक-दूसरे को समझने के बजाय अहम् का टकराव दोनों के बीच दूरियाँ बढ़ाने का ही काम करता।

'तुम क्या समझते हो एक तुम ही काम करते हो! मैं ऑफिस क्या आराम करने जाती हूँ।'

आदित्य के कार्यक्षेत्र सम्बन्धी कोई भी परेशानी बताने पर चित्रा का जवाब उसे आहत कर जाता और फिर वो भी चुप रहने के बजाय कुछ न कुछ कटु शब्द बोल ही जाता। इसके बाद दोनों के बीच में जो तू-तू मैं-मैं शुरू होती तो कई दिनों तक बोलचाल भी खत्म कर देती। इन दोनों के इस रसाकसी में सबसे ज्यादा पिसता उनका बेटा प्रसून। पहले-पहले तो वह इन दोनों की तकरार देख जोर-जोर से रोने लगता पर एक बार चित्रा के बुरी तरह डपटने और ऊपर से थप्पड़ जड़ देने से वह बुरी तरह सहम गया। अब घर में कोहराम मचते ही वह चुपचाप आया के गोद में जाकर छुप जाता। न तो आदित्य और न ही चित्रा ने कभी उसकी कोमल भावनाओं को समझने का प्रयास किया। प्रसून अन्तर्मुखी होता गया और उसकी आदतों में बदलाव देख उसकी स्कूल टीचर ने उन दोनों को बुलावा भेजा।

'प्रसून में मैं अजीब सा बदलाव देख रही हूँ। हर समय डरा-डरा सा रहता है। बाल सुलभ चंचलता तो इसमें है ही नहीं। क्या घर में भी ऐसे ही रहता है, या स्कूल से ही कोई परेशानी है।'

आदित्य और चित्रा को तो अपनी व्यस्तताओं और कटुताओं के बीच अब याद ही नहीं रहा कि प्रसून का आचरण घर में कैसा था। घर आकर भी स्थिति की गंभीरता को समझने की बजाय फिर वही आरोप-प्रत्यारोप। बच्चे की बात फिर हाशिये पर चली गई।

'कैसी माँ हो तुम। ये भी नहीं पता कि बच्चा क्या कर रहा है।' आदित्य ने सारी जिम्मेदारी चित्रा के ऊपर डाल दी तो वो आपा खो बैठी।

'क्यों क्या सारी जिम्मेदारी मेरी है मिस्टर आदित्य। मैं भी आपकी तरह नौकरी करती हूँ। आर्थिक जिम्मेदारी बाँटती हूँ तुम्हारी, तो तुम भी बाकी जिम्मेदारियां बाँटना सीखो।'

'तो छोड़ दो नौकरी। इतना कमाता हूँ कि तीन आदमियों का परिवार ढंग से पल जाय। लेकिन पैसे से ज्यादा तुम्हें तो अपने अहं की तुष्टि चाहिए।'

बस बहस बढ़ती गई। जिसके लिए यह बात शुरू हुई, वो न जाने कब का सहम कर, आया की गोद में सो गया था।

पहाड़ी क्षेत्र में बीमारी फैलने पर जब उसे प्रतिनियुक्ति पर भेजने की खबर आई तो वहे खुश ही हुआ। इसी बहाने सही, घर के इस दमघोंटू वातावरण से मुक्ति तो मिलेगी।

वहाँ पहुँचकर उसने अपने आप को बीमारों के इलाज में व्यस्त कर लिया था। वह अपने महकमे को काबिल डॉक्टर तो था ही, पर लोगों को भी उस पर कुछ अधिक ही विश्वास था। आदित्य अब ऐसे काम में जुटा, मानो सब कुछ भुला देना चाहता हो।

लेकिन आज बिस्तर पर पड़े उस मासूम बच्चे की आँखों ने उसे प्रसून की याद दिला दी। आज वार्ड में राउन्ड करते हुए एके बेड पर उसने पाँच-छह वर्ष के एकबच्चे को देखा, जिसकी एक टाँग पर प्लास्टर चढ़ा हुआ था। बच्चा अकेला था और अजीब सी सूनी निगाहों से छत की ओर ताक रहा था। न जाने क्या था उसकी निगाहों में कि आदित्य एक पल ठिठक कर रूक गया।

'सर, आर्थोपेडिक का केस है लेकिन बेड में जगह नहीं होने पर यहाँ शिफ्ट कर दिया। वैसे भी बहुत बुरा हुआ है इसके साथ।' साथ में खड़े फार्मेसिस्ट ने बताया तो आदित्य के मन में बच्चे के लिए जिज्ञासा जगी। उसने पूछा?

'क्या नाम है तुम्हारा?'

आदित्य के पूछने पर भी बच्चा एकटक छत की ओर ही ताकता रहा, मानो उसने कुछ सुना ही नहीं।

फार्मेसिस्ट बोला-

'सर! जब से आया है किसी से कुछ बोलता ही नहीं। बस इसी तरह एकटक छत की ओर ही निहारते रहता है।

आदित्य आगे बढ़ गया लेकिन बच्चे का चेहरा बार-बार उसकी आँखों के आगे घूम जाता। क्या कह रहा था फार्मेसिस्ट कि इसके साथ बहुत बुरा हुआ है। आदित्य के मन में उस बच्चे की कहानी जानने की उत्सुकता और बढ़ी।

सभी वार्डों का निरीक्षण करने के बाद आदित्य अपने कक्ष में चला आया और फार्मेसिस्ट को वहीं रोक लिया।

'क्या कह रहे थे तुम उस बच्चे के बारे में?'

'कौन, सर वो पिंटू। जिसके पैर में प्लास्टर बँधा है?'

अच्छा, उस बच्चे का नाम पिंटू है। आदित्य ने मन ही मन नाम दोहराया और हामी में सिर हिला दिया।

फार्मेसिस्ट ने पिंटू की कहानी सुनानी शुरू की तो आदित्य के जैसे हाथों से तोते उड़ गए।

वह बताने लगा।

पिंटू पास ही के गाँव में अपने माता-पिता के साथ रहता था। पिता गाँव में ही छोटी सी दुकान चलाते थे और साथ ही थोड़ी बहुत खेती भी थी। इससे घर का खर्चा आराम से चल जाता। सब ठीक ही चल रहा था, बस एक ही बुराई थी उसके बाप में। वह बहुत गुस्सैल था और बात-बात में आपा खो देता था। यह भी नहीं सोचता कि मुँह से क्या निकल रहा है। पिंटू की माँ मेहनती और सुघड़ गृहिणी थी। छोटी-छोटी बात पर पति के ताने सुनती और अगर गलती से जवाब दे दिया तो फिर खैर नहीं। वह हाथ उठाने से भी गुरेज नहीं करता। पर वह काम में ही जुटी रहती। घर के अलावा खेतों की जिम्मेदारी भी उसी की थी, साथ ही गाय भैंसो की देखभाल। इतना सब करने के बावजूद वह पति से दो बोल प्यार के सुनने को तरस जाती। धीरे-धीरे मार खाना उसकी आदत बन गई लेकिन गलत बात फिर भी उसे बर्दाश्त नहीं होती। वह तुरंत जवाब दे देती। इससे पति के अहं को ठेस लगती और वह फिर हैवानियत पर उतर आता।

आए दिन के इस कलह का पिंटू के बाल-मन पर क्या असर पड़ रहा है, इसका दोनों को कोई भान नहीं था। घर में समझाने वाला कोई बड़ा-बूढ़ा था नहीं। पिंटू के दादा-दादी बहुत पहले ही स्वर्ग सिधार चुके थे। बाकी किसी की कोई हया थी नहीं।

कुछ दिन पहले ही उन्होंने फिर बखेड़ा खड़ा कर दिया। छोटी सी बात को लेकर खूब हाय-तौबा मच गई। उसके बाप ने थोड़ी शराब पी रखी थी। दोनों में से कोई भी चुप होने को तैयार नहीं था। पिंटू डर से काँपता हुआ दूसरे कमरे में एक कोने पर जा दुबका। अचानक माँ की जोर से चीखने की आवाज आई, पिंटू ने दरवाजे से झाँककर देखा तो उसके होश उड़ गये। पिता ने पास ही पड़ा हथौड़ा माँ के सिर पर दे मारा। उसके मुँह से जोर की चीख निकली और वह बेहोश हो गई। सिर से खून का फव्वारा फूट पड़ा। यह देख उसका बाप भी सहम गया। निढाल पड़ी पत्नी को हिलाडुला कर उठाने की कोशिश की लेकिन उसमें जैसे जान ही नहीं थी। पिंटू समझ ही नहीं पाया क्या करे।

बाप पानी लेने रसोई में गया तो पिंटू दबे पाँव कमरे से बाहर निकल आया। उसकी टाँगे काँप रही थी, हलक सूख रहा था। आँखों के सामने बार-बार माँ का खून से सना चेहरा घूम आता। वह भागा जा रहा था, पर कहाँ? उसे खुद नहीं मालूम।

इतनी देर में सारा गाँव इकट्ठा हो गया। पिंटू के नाना-नानी पास के ही गाँव में रहते थे। खबर मिलते ही वे भी दौड़े चले आये। गाँव में स्थित प्राथमिक स्वास्थ्य केन्द्र वालों ने प्राथमिक उपचार कर पिंटू की माँ को बड़े अस्पताल ले जाने की सलाह दी। पिंटू के नाना-नानी ने अपने दामाद के विरूद्ध शिकायत की तो राजस्व पुलिस उसे पकड़ कर ले गई।

इधर पिंटू की किसी को कोई सुध नहीं थी। अगले दिन सुबह जंगल में मवेशी चराने गये गाँव के एक युवक को पिंटू बेहोशी की हालत में पड़ा मिला। आनन-फानन में गाँव वाले ही उसे उठाकर अस्पताल में भर्ती कर गये। बायीं टाँग में फ्रेक्चर था और उसके मुँह से आवाज नहीं निकल रही थी।

'शरीर पर लगे घाव तो भर जायेंगे सर लेकिन जो घाव इस बच्चे के मन पर लगे हैं क्या उन्हें कोई भर पायेगा! जब पाल ही नहीं सकते तो बच्चे जनते ही क्यों हैं लोग!' कहते-कहते वह आक्रोशित हो गया था, मानों मन की भड़ास निकाल रहा हो।

आगे बोला–

'अभी तक भी बच्चा बोल नहीं पा रहा सर, उसका कोई देखने वाला भी नहीं है। बाप जेल में है और माँ अस्पताल में जीवन मौत के बीच झूल रही है।'

अचानक आदित्य को लगा जैसे वह सपना देख रहा हो। प्रसून गुमसुम अस्पताल में बेड पर पड़ा खामोशी से छत को निहार रहा है।

'नहीं.......नहीं ऐसा नहीं हो सकता।

–क्या नहीं हो सकता सर। यही हुआ है। बेचारा बच्चा, वह अपने आप में ही बड़बड़ाया पता नहीं क्या होगा अब उसका। ईश्वर करे इसके माँ-बाप में सुलह हो जाय और वे अपनी-अपनी गलतियों में सुधार करें।'

फार्मेसिस्ट अपनी रौ में बोले जा रहा था, पर इधर आदित्य जैसे कुछ सुन ही नहीं रहा था। नन्हे पिंटू की हालत ने उसे बहुत कुछ सोचने पर मजबूर कर दिया था। अपने घर के झगड़े में आदित्य ने हमेशा ही चित्रा को गलत समझा। लेकिन कितना असहिष्णु था वह चित्रा के प्रति। उसके काम को उसने कभी गम्भीरता से लिया ही नहीं। अगर अपना अहं छोड़कर वह उसके काम में हाथ बँटा देता या उसे समझने की थोड़ी सी भी कोशिश करता तो ऐसी नौबत ही नहीं आती। आखिर चित्रा भी इंसान है, अगर वह प्यार से बात करेगा तो उसकी समझ में भी आ जायेगा।

प्रसून के जीवन के लिए वह चित्रा से अपने सम्बन्ध सुधारने का एक प्रयास जरूर करेगा।

अगले दिन सुबह आदित्य ने घर फोन किया तो प्रसून स्कूल जा चुका था।

'आ गई घर की याद?'

चित्रा का स्वर सुन एक बार उसका मन हुआ कि कह दे वो एक व्यस्त डॉक्टर है। अगर वो फोन नहीं कर सका तो उसे ही बात कर लेनी चाहिए थी। लेकिन अपने अहं को उसने किसी तरह अंदर धकेला।

'सॉरी चित्रा, दरअसल यहाँ काम बहुत था। बीमारी काफी बढ़ गई थी इसलिए समय नहीं मिल पाया।' उसने नर्म स्वर में कहा।

आदित्य का स्वर सुन चित्रा खामोश हो गई। क्या ये वही आदित्य है जो बात-बात पर काटने को दौड़ता था।

'तुम सुन रही हो ना,' आदित्य का स्वर सुन चित्रा चौंकी।

'हाँ!'

'प्रसून कैसा है! वो तुम्हें तंग तो नहीं कर रहा है।' आदित्य का स्वर मन की गहराइयों से आता प्रतीत हो रहा था।

'आदित्य तुम कब लौट रहे हो?' बहुत देर से चुपचाप आदित्य की बात सुन रही चित्रा ने पूछ ही लिया।

'बहुत जल्दी। अब तुम्हें ऑफिस की देर हो रही होगी, शाम को बात करूँगा।' प्रसून से भी बात करनी है, कहकर आदित्य ने फोन रख दिया। लेकिन चित्रा बहुत देर तक रिसीवर हाथ में उठाये आदित्य के कोमल स्वरों को महसूस करती रही।

आज दोनों अपने-अपने ऑफिस में कतई तनाव मुक्त थे। ऐसा लग रहा था जैसे बादलों की ओट से निकलकर शीतल सुंदर चाँद निकल आया हो।

12

नशा

कहते हैं जवानी का गुमान, हमें मुगालतों की दुनिया में खींच ले जाता है। हम सपनों में उतरने लगते हैं। जमीनी हकीकतों से कतई अनजान, इन्हीं सपनों पर इतराने-इठलाने लगते हैं। सच्चाइयों से परे अपना बिलकुल अलग ही संसार गढ़ लेते हैं। और फिर भ्रम में जीते हुए पूरी तरह इसी में रम जाते हैं। आत्मग्लानि से भरे विनय को जवानी के सरूर में अपनी यही नादानियाँ आज बार-बार कचोट रही थी। दीपिका से मुलाकात और फिर घर तक बढ़ी नजदीकियाँ। उनकी ओर से पावन-पहल और अपनी बचकानी सोच पर वह शर्मसार था।

पहला बुलावा था वह दीपिका के घर से। जिस गति से ऑटो सड़क पर दौड़ रहा था, उससे कहीं तेज गति विनय के मन की थी। बगल में बैठी दीपिका लगातार कुछ बोले जा रही थी। ऑटो वाले को निर्देश दे रही थी और साथ ही सड़क की दुर्दशा के लिये विभाग को कोस रही थी। लेकिन विनय को तो इससे कुछ लेना-देना नहीं था। ऑटो किसी गड्ढे पर उछलता तो उसे लगता उसका मन उछल रहा हो। ऑटो अब गलियों से होकर निकल रहा था, पतली गलियों में जगह-जगह खड़े स्कूटर, साइकिल इत्यादि ऑटो की गति कम करते लेकिन इसका विनोद के मन की गति पर कोई असर न होता।

एक हल्के से झटके के साथ ऑटो रूका और साथ ही दीपिका की आवाज आई- 'उतरो, हमारा घर आ गया।'

विनय ऑटो से उतर गया और दीपिका के साथ दरवाजे पर खड़ा हो गया। दरवाजा खुलने में थोड़ी देर हुई तो विनय का दिल धड़कने लगा। ऐसा लगा जैसे कोई इम्तहान देने जा रहा हो और इम्तहान भी ऐसा जिसमें पास होना जीवन-मरण का प्रश्न हो। विनय की धड़कन तेज हो गई। दीपिका से कुछ

पूछना ही चाहता था कि तभी दरवाजा खुल गया, दीपिका की छोटी बहन ने दरवाजा खोला और विनय की ओर ध्यान से देखा।

लगता है यहाँ तो छोटे-बड़े सारे सदस्य उसकी परीक्षा लेने वाले हैं आज। विनय को बैठक में बिठाकर दोनों बहनें अन्दर चली गईं। विनय ध्यान बँटाने के लिए इधर-उधर देखने लगा। छोटी सी लेकिन सुरूचिपूर्ण ढंग से सजायी गयी बैठक, साधारण फर्नीचर, दीवारों पर कुछ पेटिंग्स जो शायद छोटी बहन मोनिका ने बनाई होंगी।

माँ ये है विनय।' तभी दीपिका माँ को लेकर कमरे में दाखिल हुई। विनय हाथ जोड़ कर उठ खड़ा हुआ। यही समय है अपनी छाप छोड़ने का। विनय ने मन ही मन सोचा।

आधा घण्टा वहाँ बैठ विनय वापस चला आया। दीपिका की माँ ने उसे दोबारा आने को कहा तो उसका मन बल्लियों उछलने लगा। इसका मतलब वह उनको पसन्द आ गया है।

'बहुत खुश नजर आ रहा है। आज कॉलेज के बाद कहाँ गायब हो गया था तू?' हॉस्टल पहुंचते ही दीपक ने ताना मारा।

लेकिन विनय अपनी खुशी को अभी मन में ही रखना चाहता था, इसलिए टाल दिया।

अभी पिछले वर्ष ही बी.टेक. की परीक्षा उत्तीर्ण कर उसने इस कॉलेज में एम.टेक. में प्रवेश लिया था। यों तो बी.टेक. करने के उपरान्त ही उसे नौकरी मिल रही थी लेकिन माता-पिता की इच्छा उसे उच्च शिक्षा दिलाने की थी।

'नौकरी और पैसा कमाने के फेर में तुम आगे नहीं पढ़ पाओगे। उच्च शिक्षा का अलग ही महत्व होता है।' पिता के इस कथन को स्वीकार कर विनय ने आगे पढ़ाई करना उचित समझा।

यहीं उसकी मुलाकात दीपिका से हुई जो बी.टेक. अन्तिम वर्ष की छात्रा थी। दोनों का एक ही विषय होने के कारण दीपिका कभी-कभी विनय से मार्गदर्शन ले लिया करती। लेकिन धीरे-धीरे विनय को लगने लगा था कि दीपिका सिर्फ पढ़ाई के कारण उससे मिलने नहीं आती। कभी-कभी वह ऐसे बेवकूफी भरे सवाल करती कि विनय को आश्चर्य होता कि ये एक मेधावी छात्रा द्वारा पूछा जा सकता है।

वहीं की निवासी होने के कारण दीपिका अपने घर से ही कॉलेज आती जाती थी, जबकि विनय हॉस्टल में रहता था, कॉलेज की लाइब्रेरी या लॉन में अक्सर मुलाकात होती और दीपिका कोई न कोई टॉपिक को पकड़ बहस

आरम्भ कर देती। कई बार बात करते-करते विनय ने महसूस किया था कि दीपिका अपलक उसकी ओर ताक रही है और वह असहज हो उठता।

धीरे-धीरे दोनों की मुलाकतें बढ़ने लगीं, लेकिन चर्चा का विषय पढ़ाई की वर्तमान हालत और कॉलेज के वातावरण से आगे न जा पाता। दीपिका विद्रोही स्वभाव की थी और अनुचित बात से समझौता नहीं कर सकती। इसलिए अक्सर वर्तमान हालात को लेकर उनमें बहस हो जाती। विनय जहाँ परिस्थितियों से समझौता करने की सलाह देता तो दीपिका उससे भिड़ जाती।

उनकी इस दोस्ती की चर्चा धीरे-धीरे कॉलेज में होने लगी थी और दबी जुबान में साथ के लड़के विनय को चिढ़ाने भी लगे थे।

धीरे-धीरे विनय के मन में दीपिका के लिए कब कोमल भावनाओं ने जन्म ले लिया वह स्वयं भी नहीं समझ पाया। लेकिन दोनों में से किसी ने एक दूसरे से कभी इस सम्बन्ध में बात नहीं की। कभी-कभी तो विनय को लगता वह गलत तो नहीं समझ रहा। एक पल दीपिका बहुत प्यार से बात करती तो दूसरे ही पल बहस पर उतर आती।

'माँ आपसे मिलना चाहती है। शाम को आप मेरे साथ घर चल रहे हैं।'

'दो टूक शब्दों में दीपिका ने मानों अपना आदेश सुना दिया तो विनय को झुँझलाहट हुई।

'कैसी लड़की है। घर ले जाना चहती है, वह भी आदेश देकर? मन में भावनाएँ उपजने लगें उससे पहले ही अपनी लट्ठमार भाषा से उन्हें कुचल कर रख देती है ये तो। लेकिन इस स्वभाव के बावजूद भी दीपिका उसे अच्छी लगती थी। मन की साफ, बिना किसी लागलपेट के अपनी बात कह जाती। अभी तक तो विनय को भी पता नहीं था कि उसके घर में कौन-कौन है। इतना पूछने का अधिकार कभी दिया ही नहीं उसने, न ही विनय ने इस बारे में उससे कुछ पूछने की इच्छा रखी।

'लेकिन क्यों?'

'कह दिया ना, माँ मिलना चाहती है।'

विनय समझ गया दीपिका ने जरूर उसके बारे में कुछ कहा होगा और माँ ने उसे देखने के लिए बुलाया होगा। मन ही मन खुश हुआ विनय। लेकिन बाहर से शान्त रहा आखिर अपनी अहमियत दिखलाना भी जरूरी था।

'अचानक ही! पहले मुझसे पूछ तो लिया होता कोई काम तो नहीं है मुझे शाम को।

'काम है तो रहने दो, अगली बार आपसे समय लेकर माँ को बताऊँगी।' दीपिका का मुँह फूल गया था और विनय उसको नाराज करने का जोखिम

हरगिज नहीं उठा सकता था।' सो वह क्लास समाप्त होने के बाद दीपिका के साथ चल दिया।

वहाँ पहुँचकर ही उसे पता चला कि दो वर्ष पहले दीपिका के पिता और भाई की सड़क दुर्घटना में मृत्यु हो गई थी। माँ को पिताजी की मिलने वाली पेंशन से घर चलाने में मुश्किल हुई तो दीपिका ने अपनी पढ़ाई के बाद ट्यूशन पढ़ाना शुरू कर दिया था। भाई जिन्दा होता तो इस समय लगभग विनय के ही बराबर होता। लेकिन तब से दीपिका ने घर-बाहर दोनों को ही इस तरह संभाला कि माँ को कोई कष्ट न हो। लेकिन फिर भी पति और जवान बेटे की मौत से हुए कष्ट को न तो दीपिका दूर कर सकती थी, न कोई और।

दीपिका का एक और रूप विनय के सामने था। इतनी जिम्मेदार तो वह उसे कदापि नहीं समझता था। अभी तक तो उसके मन में दीपिका की छवि एक विद्रोही स्वभाव वाली प्रतिभाशाली लड़की की थी।

धीरे-धीरे विनय का दीपिका के घर जाना बढ़ता गया। दीपिका अक्सर माँ का बहाना कर उसे घर ले जाती और माँ विनय पर इतना प्यार उड़ेलती कि विनय को अपनी माँ की याद आने लगती।

विनय अब एक ऐसे मौके की तलाश में था जब दीपिका से अपने मन की बात कह सके।

अगले वर्ष तक दीपिका अपना बी.टेक. पूरा कर लेगी और वह एम.टेक. । नौकरी लगने के बाद वह विवाह के बारे में सोच सकते हैं। इस बार घर जाएगा तो माता-पिता से भी इस सम्बन्ध में बात कर लेगा।

लेकिन इस बीच कुछ ऐसा घटित हो गया कि विनय दुविधा में पड़ गया।

'कल माँ ने आपको बुलाया है।'

'लेकिन क्यों?'

'मुझे क्या पता! माँ से ही पूछ लेना।'

दीपिका का यह स्वभाव कभी-कभी विनय को आहत कर जाता। एक बार तो उसका मन हुआ न जाये, लेकिन मन के वशीभूत होकर अगले दिन शाम को वह दीपिका के घर पहुँच ही गया।

'बहुत देर कर दी बेटा। मैं तो कब से तुम्हारा इन्तजार कर रही थी।' माँ का स्नेही स्वर सुन उसका गुस्सा ठण्डा हो गया।

और उसके बाद जो कुछ घटा वह अप्रत्याशित विनय के लिये, थोड़ी ही देर में दीपिका और मोनिका पूजा की थाली लेकर उसके सामने बैठ गई। थाली में रोली-टीका के साथ-साथ राखी के धागे भी रखे थे।

विनय को लगा जैसे वह सपना देख रहा हो। ये कैसा खेल खेला जा रहा है उसके साथ। 'क्या सोच रहे हो बेटा।' उसके कानों में माँ की आवाज पड़ी।

'दीपिका कहती थी बिल्कुल भैया की तरह है तो मुझे यकीन नहीं आता था, लेकिन बेटा तू पहली बार जिस दिन घर आया मुझे लगा मेरा किशन सामने बैठा है। वैसा ही चेहरा, वही आदतें।' कहते-कहते उसकी आँखों से आँसू बहने लगे।

विनय तो जैसे समाधिस्थ हो गया था। सुनकर भी कुछ सुनने की स्थिति में नहीं था वह।

'दीपिका को तू जानता है। कितनी अक्खड़ स्वभाव की है, लेकिन तुझे देखकर वो भी......।'

तो दीपिका इसलिए उसके नजदीक आई थी और वह बेवकूफ कुछ और ही समझ बैठा। अब क्या करे वह? क्या कह दे कि उसे किसी का भाई नहीं बनना। वह तो प्यार करता है दीपिका से! बहुत कुछ सोचा विनय ने लेकिन कह न पाया। मोनिका और दीपिका ने उसके हाथ में राखी बाँधी और उसका मुँह मीठा कराया। वह तो किसी वुत की तरह परिस्थितियों के वशीभूत होकर सब कुछ करता गया।

उसको ये क्यों नहीं याद था कि आज रक्षाबंधन है। शायद इसलिए भी कि उसकी कोई बहन नहीं थी। इसलिए इस त्यौहार की महत्ता को कभी नहीं समझा उसने।

माँ ने शाम को भोजन कर जाने का आग्रह किया तो चुपचाप मान लिया उसने। घर के सभी लोग बहुत खुश नजर आ रहे थे। विनय को चुप देख मोनिका ने दो बार उसकी उदासी का कारण पूछा भी, लेकिन विनय के पास कोई जवाब होता तो वह देता।

हॉस्टल वापस आया तो देखा दीपक कमरे में नहीं था। चुपचाप बत्ती बुझाकर लेट गया। क्या सोचा था उसने और क्या हो गया। अब क्या करे वह? क्या कल दीपिका का सामना कर पायेगा वह?

एक मन हुआ कि कल से दीपिका से मेलजोल कम कर दे। दीपिका ने उससे जो पवित्र रिश्ता बनाया है क्या उसकी गरिमा बनाये रख पायेगा वह? अगर इसके बाद किन्हीं कमजोर क्षणों में दीपिका के प्रति उसका मन भावनाओं में चला जाय तो अपने आप को कभी माफ नहीं कर पायेगा वह। वैसे भी कुछ महीने और हैं यहाँ पर, किसी तरह से काट लेगा और फिर कभी इस शहर में लौट कर नहीं आयेगा। हाँ यही ठीक रहेगा।

लेकिन दूसरे ही पल उसे दीपिका, मोनिका और उनकी माँ की आँखों में तैरता हुआ अगाध स्नेह याद आ गया।

'किशन जिन्दा होता तो तेरे ही बराबर होता बेटा। तेरी बातें, तेरा चेहरा-मोहरा मेरे किशन से इतना मिलता है कि तुझे खुद भी यकीन नहीं होगा'-और माँ अन्दर से किशन का फोटो उठा लाई थी। उसने फोटो देखी तो माँ की बात उसे सच्च लगी, काफी कुछ समानता लगी उसे किशन के फोटो और अपने चेहरे में।

मां की आँखों से आँसू बह रहे थे और अपने आप को कभी कमजोर साबित न होने देने वाली दीपिका आँखों में छलक आये आंसुओं को छुपाने के लिये दौड़कर दूसरे कमरे में चली गई थी।

इतने प्यार भरे रिश्ते को क्या वह अपनी एक छोटी सी कमजोरी के कारण गँवा दे। आजकल के वातावरण में जहाँ अपने खून के रिश्ते ही दगा दे जाते हैं उस समय में ऐसा पवित्र रिश्ता बनना उसकी खुशकिस्मती होगी।

दोनों स्थितियों पर सोचते-सोचते विनय को न जाने कब नींद आ गई। सुबह उठा तो मन में दृढ़ संकल्प था। मन ही मन लिये गये निर्णय से वह स्वयं को हल्का महसूस कर रहा था।

आज रविवार होने के कारण छुट्टी का दिन था। सुबह जल्दी तैयार होकर बाजार से होते हुए विनय सीधे दीपिका के घर पहुँच गया। विनय को अचानक घर पर देख परिवार के सभी सदस्यों के चेहरों पर खुशी की लहर दौड़ गयी।

'कल तो मुझे पता ही नहीं था मेरी बहनें रक्षाबन्धन पर मुझे अपने प्यार का इतना खूबसूरत रिस्ता तोहफे में देने वाली हैं। मैं तो कल खाली हाथ ही चला आया था।' और ये कहते हुए उसने अपने हाथ में रखे दोनों पैकेट मोनिका के हाथ में रख दिये।

'इसकी जरूरत नहीं थी बेटा, रिश्तों की गहराई तोहफों से नहीं मापी जाती, ये तो मन की भावनाओं से प्रकट होती है।'

'ठीक कह रही है माँ।' आपको पहली बार देखा था तो भैया की बहुत याद आई थी। माँ से कहा तो उन्होंने आपसे मिलने की जिद की। ये रिश्ता हम आप पर थोपना नहीं चाहते थे, लेकिन....।' ये दीपिका थी।

'ऐसा मत कहो। मुझे तो दो बहनें मिल गई और साथ ही एक प्यारी माँ।' विनय के शब्दों में दृढ़ता थी और साथ ही मन में बदलते हुए रिश्तों का अहसास। वह आत्मग्लानि से भरा था। उसका सारा गुमान चला गया। जवानी का जो नशा उस पर चढ़ा था, वं काफूर हो गया था।

13

एक और बैड खाली हो गया

'अरे राजू जल्दी से आओ, एक और बेड खाली हो गया ! जल्दी से डेड बॉडी हटाकर चादर बदल दो और जिसका अगला नम्बर हो, उसे बेड दे दो।' नर्स सिस्टर रोजी ने बार्ड व्वॉय राजू को आवाज देते हुए कहा।

रोजी की आवाज सुनते ही जमीन पर लेटे हुए कई मरीजों ने आशापूर्ण नजरों से राजू की ओर देखा कि शायद अब उनमें से किसी एक मरीज को जमीन छोड़ चारपाई नसीब हो जाये।

'कौन है इनके साथ? जल्दी से बताइये, डेड बॉडी कहाँ लेकर जाना है? टाइम नहीं है अपने पास। बहुत काम करना है अभी।' राजू डैड बॉडी के पास वाले बैड पर जाकर लगभग चिल्लाते हुए बोला।

पिता की मृत्यु का सुरेश अभी शोक भी नहीं मना पाया था कि अब पिता की लाश उठाकर बेड खाली करवाने की जल्दबाजी देखिए।

'मैं दिल्ली में बिलकुल नया हूँ, अपने दो-एक रिश्तेदारों को बुलवा लूं, तभी पिता की लाश ले जा पाऊँगा।' सुरेश ने दुःख मिश्रित आग्रह करते हुए कहा।

'इतना टाइम नहीं है अपने पास। देखते नहीं मरीजों की लाइन लगी पड़ी है।' रोजी कटु स्वर में बोली। फिर राजू से बोली- 'जब तक इसके रिश्तेदार आते हैं, तब तक डेड बॉडी मोर्चरी में डाल दो। बहुत सारे मरीज लाइन में हैं। जल्दी से बेड खाली करवाओ।'

और थोड़ी ही देर में राजू ने सुरेश के पिता की लाश को मोर्चरी में डाल कर तुरन्त ही बिस्तर की चादर बदल दी। अब वह किसी अन्य मरीज को फर्श से उठाकर बिस्तर दिलवाने की जल्दबाजी में व्यस्त हो गया था। ऐसे ही मौके तो उसे कुछ ऊपर की कमाई का अवसर देते थे। जमीन से उठकर बिस्तर पर

लेटने की ऐवज में दर्द से कराहते गंभीर बीमारियों से ग्रस्त मरीजों के रिश्तेदारों को ये सौदेबाजी बुरी भी नहीं लगती थी।

पिता की लाश को मोर्चरी में छोड़ सुरेश अस्पताल के समीप स्थित पी. सी.ओ. बूथ पर फोन करने चला गया। अपने मामा, जिनके सहारे पर वह पिता का इलाज कराने पहाड़ के सुदूर गाँव से दिल्ली तक चला आया था, को पिता की मृत्यु की खबर देने के पश्चात् जब उसने दूसरा फोन मिलाने का प्रयास किया, तो लाइन में खड़ा एक आदमी लगभग चिल्ला कर बोला–'अरे इतने सारे फोन करने थे तो कहीं और जाते, देखते नहीं लाइन में इतने लोग खड़े हैं।

'दरअसल मेरे पिता की मृत्यु हो गई है और उसकी खबर रिश्तेदारों को देनी थी इसलिये..।' सुरेश की उंगलियाँ फोन पर ही रूक गई थीं।

'अरे तो किसी एक रिश्तेदार को बताकर उसे ही सबको बताने को कह दो, हमारा टाइम क्यों खराब कर रहे हो?' उस व्यक्ति का स्वर अब और भी उग्र था।

'आप एक और फोन कर किसी एक सगे-सम्बंधी को सूचित कर दीजिए। क्या बतायें बेटा! यहाँ सभी को जल्दी है। किसी के जीवन-मरण से यहां किसी को फर्क नहीं पड़ता। अस्पताल है, रोज पता नहीं कितनी मौतें होती हैं।' सुरेश के ठीक पीछे खड़े व्यक्ति ने विनम्रता से कहा। उसका स्वर सुरेश को तपती रेत में ओस की बूँद के समान प्रतीत हुआ।

तुरन्त ही काँपती अँगुलियां से उसने अपनी बहिन की ससुराल में फोन मिलाया और उन्हें अन्य सम्बंधियों को सूचित करने का आग्रह कर सुरेश टेलीफोन बूथ से बाहर निकल आया और मोर्चरी के बाहर आकर एक पेड़ की छांव में बैठ गया।

मामाजी और जीजाजी को आने में एक घण्टा तो लग ही जायेगा। वो भी तब, जब कि आज छुट्टी का दिन है। नहीं तो और भी मुश्किल हो जाती। उसे एक-एक क्षण गुजारना अत्यन्त कठिन लग रहा था। प्रतीक्षा का यह समय उसे वापिस अपने गाँव ले गया।

पिता की बीमारी कई महीनें से ठीक होने में नहीं आ रही थी। गाँव के समीपवर्ती अस्पताल के चक्कर काट-काट कर सुरेश परेशान हो गया था, किन्तु उन पर दवाइयों का कोई प्रभावकारी असर नजर नहीं आ रहा था।

'देखिये इनके कुछ परीक्षण करने होंगे। यहाँ पर तो ये सुविधायें उपलब्ध हैं नहीं, अच्छा होगा कि आप इन्हें किसी बड़े अस्पताल में लेकर जायें, तभी बीमारी पकड़ में आ पायेगी।' गाँव के समीपवर्ती प्राथमिक स्वास्थ्य केन्द्र के डॉक्टर ने यह कह कर अपना पल्ला झाड़ लिया था।

डॉक्टर की राय सुनकर माँ सुरेश के पीछे लग गई थी- 'बेटा, इन्हें जल्दी से दिल्ली ले जा। सुना है वहाँ बहुत बड़े-बड़े अस्पताल हैं। कल सुबह ही पैठाणी जाकर अपने मामा को फोन कर बता दे कि तू पिताजी को लेकर दिल्ली आ रहा है, वह सब इन्तजाम कर देगा। क्या करूँ बेटा! इनकी हालत मुझसे तो देखी नहीं जाती।'

माँ की बात सुरेश टाल नहीं पाया। वैसे वह भी तो इतने महीनों से पिता की हालत देखकर परेशान था। शायद दिल्ली में डॉक्टर उनकी बीमारी का पता लगा पायें और वे ठीक से इलाज कर पायें।

सुरेश गांव के पास ही स्थित प्राथमिक विद्यालय में अध्यापक था। उसकी दो बड़ी बहिने थीं, जो कि विवाहित थीं और अपने-अपने घरों में प्रसन्न थीं। दूसरे दिन सुबह-सुबह ही पैठाणी जाकर सुरेश ने मामा और बड़ी बहिन को फोन कर गंभीर रूप से बीमार पिता को दिल्ली लेकर आने की सूचना दी और स्कूल से छुट्टी लेकर, पिता को लेकर दिल्ली रवाना हो गया। इन परिस्थितियों में बहिन के घर जाना उसने उचित नहीं समझा और पिता को लेकर मामा के घर पर चला गया।

मामा का घर देखकर सुरेश हतप्रभ रह गया था। एक कमरा, साथ में छोटा सा किचन और छोटी सी गैलरी, जिसमें बच्चों का कुछ सामान रख कर कमरे का रूप दे दिया गया था। कहाँ रहेंगे यहाँ इतने लोग?, मामा का स्वयं भी चार लोगों का परिवार था, मामा, मामी और उनके दो बच्चे, वही कैसे रह पाते होंगे?

उस पर दो और लोग रहने आ गये। इस घर से बड़ी तो उनकी गौशाला है। सुरेश मन ही मन सोचता रह गया था। अपने मन को तसल्ली देते हुये सोचा कि चलो कुछ दिन की ही तो बात है। पिताजी की हालत में सुधार होते ही वह तुरन्त यहाँ से चला जायेगा।

'जीजा जी को कल ही अस्पताल में दिखवा देंगे, हमारे गाँव का एक व्यक्ति वहाँ नौकरी करता है और मैंने उसी से कह दिया है कि थोड़ा जल्दी दिखला देना। वरना यहाँ तो महीनों लग जाते नम्बर आने में।'

भोजन के वक्त मामाजी ने कहा तो सुरेश कुछ आशान्वित हुआ। यहाँ की स्थिति देखकर मामा-मामी पर अधिक समय तक कदापि बोझ नहीं बनना चाहता था वह!

अगले दिन मामाजी के साथ पिता को लेकर अस्पताल पहुँचा, तो वहाँ की भीड़ देखकर दंग रह गया। लग रहा था जैसे कोई मेला लगा हो। पहाड़ के किसी कौथीग की तरह अस्पताल में लगी भीड़ देखकर एक पल को तो

सुरेश हताश हो गया था कि यदि इस भीड़ में वह आज पिता को डॉक्टर को न दिखा पाया, तो दो दिन से पैठाणी बाजार में उसके फोन का इन्तजार कर रही माँ को आज सायं को वह क्या जवाब देगा? सौभाग्यवश, चार घण्टे की प्रतीक्षा के बाद जब उसके पिता का नाम पुकार गया, तो सुरेश की जान में जान आ गई थी। डॉक्टर ने प्रारम्भिक जाँच कर कुछ टेस्ट कराने को कहा और टेस्ट की रिपोर्ट लेकर मिलने को कहा।

मामाजी ने फिर गाँव के उसी व्यक्ति से कहलवाकर जल्दी से टेस्ट करवा लिये। इसके उपरान्त आरम्भ हुए सुरेश के अस्पताल के चक्कर! कभी कोई रिपोर्ट लेना तो कभी कोई। मामाजी भी रोज-रोज नहीं आ सकते थे, क्योंकि प्राइवेट नौकरी जो थी उनकी। वे बेचारे आखिर कब तक छुट्टी लेते। सुरेश की दौड़-धूप और मामाजी के परिचित के सहयोग से लगभग एक सप्ताह बाद जब सभी जाँच रिपोर्ट मिल गई, तो सुरेश आश्वस्त हुआ था कि अब पिता का उपयुक्त इलाज संभव हो पायेगा और वह सुकून से अपने गाँव वापिस जा पायेगा।

कुछ दिनों बाद ही वह नहसूस करने लगा था कि मामी परेशान रहने लगी है। पिता का हाल जानने के लिये दिल्ली में रहने वाले रिश्तेदारों का मामाजी के घर आना-जाना भी होने लगा था। मामी वैसे तो कुछ न कहती, लेकिन बच्चों पर बार-बार उनका बिगड़ना, उनके स्वभाव में आये परिवर्तन को स्पष्ट कर देता था।

एक बार दबी जुबान से सुरेश ने पिता को कुछ दिनों के लिये दीदी के घर ले जाने की सलाह दी थी, तो मामा ने डाँट कर उसे चुप करा दिया था।

'क्यों? क्या हमारा घर छोटा लग रहा है तुझे, जो बहिन के घर जायेगा। उसके सास-ससुर भी साथ में रहते हैं और दिल्ली में हम जैसे सामान्य लोगों के पास इतने ही बड़े घर हैं। रात होते ही चारपाइयों के नीचे से चारपाइयां निकालकर ही सब लोग रात गुजारते हैं। बेटा ऐसी ही है यहाँ की जिन्दगी। इसलिए तू परेशान मत हो और ढंग से जीजाजी का इलाज करा।' दूसर दिन सुरेश पिता के टैस्ट की सारी रिपोर्ट को लेकर डॉक्टर से मिला।

'इनकी हालत तो काफी खराब है। आंतों का इन्फेक्शन काफी बढ़ चुका है। इन्हें तुरन्त अस्पताल में भर्ती करवा दीजिए।' डॉक्टर के इतना कहते ही सुरेश एक पल को तो घबरा गया, किन्तु अगले ही क्षण उसे ठीक भी लगा कि अब उन्हें मामा जी के घर में और नहीं रहना पड़ेगा।

अस्पताल के वार्ड में पहुंचते ही वार्ड ब्वाय ने मरीजों से भरे हुए एक बड़े से हाल में जमीन में एक गद्दा बिछा कर पिता जी को वहाँ पर लेट जाने

का आदेश दिया, तो सुरेश का खून खौल उठा। 'अरे इतने बीमार और बुजुर्ग आदमी को जमीन पर लिटाते हुए शर्म नहीं आती तुमको? उनके लिए बिस्तर का इन्तजाम नहीं हो पाया क्या?'

'जोर से मत बोलो बाबू जी! ये दिल्ली है, यहाँ रोज न जाने कितने मरीज भर्ती होते हैं। इतने बेड नहीं है यहाँ पर, कोई बेड खाली होगा तो मिल जायेगा।' वार्ड ब्वाय तल्खी से बोला।

थोड़ी देर में नर्स आई तो जमीन पर लेटे हुए पिता को कुछ दवाईयां खिलाने का निर्देश दे गई और उनकी बाँह पर ग्लूकोज चढ़ा गई। जिस बेदर्दी से उसने सुई उनकी बाँह में चुभोई, उसको महसूस कर सुरेश की तो आह निकल गई थी। लेकिन नर्स के चेहरे पर कोई भाव न थे।

सुरेश को लगा ये सब लोग जैसे मशीन हों। चेहरे पर बिना किसी भाव के ये लोग ऐसे काम कर रहे हैं मानो रोबोट हों। मरीज के दु:ख-दर्द से इनका कोई लेना देना नहीं है।

दो-तीन दिन बाद मामा के उसी परिचित की बदौलत पिता को एक अदद बेड मिल गया था क्योंकि पास ही के कमरे से एक व्यक्ति ठीक होकर घर वापिस जा चुका था।

पिता की हालत में अपेक्षानुरूप बहुत अधिक सुधार नहीं हो रहा था। पिता के पास बैठे सुरेश को बार-बार लगता था कि मानों जमीन पर लेटे हुए हर मरीज की निगाह उसी बेड पर लगी है कि कब बेड खाली हो और उन्हें भी एक अदद बेड नसीब हो।

'सुरेश! क्या हो गया था जीजा जी को अचानक? कल शाम तक तो ठीक थे।' मामा जी का स्वर सुनकर सुरेश तन्द्रा से जागा। मामाजी के साथ जीजा जी और गाँव के कुछ और लोग भी मोर्चरी में सुरेश के सामने खड़े थे।

'साहब! इतनी देर तक आपके पिता की लाश को संभालकर रखा है। क्या उसका मेहनताना नहीं देंगे?' मोर्चरी के बाहर खड़े चौकीदार ने खीसें निपोरते हुए कहा, तो सुरेश का मन वितृष्णा से भर उठा। लाश के साथ भी सौदेबाजी! जेब में जो कुछ भी बचा था, उसे ललचायी नजरों से देख रहे चौकीदार के हाथ में रख सुरेश व्यथित मन लिये अस्पताल से बाहर निकल आया।

इसके बाद कब उसने पिता का अंतिम संस्कार कर उनका अस्थिकलश लेकर कोटद्वार की बस की बस में बैठ गया, उसे कुछ ज्ञात नहीं। लगता था जैसे पहाड़ से आने के बाद वह भी रोबोट जैसा निष्प्राण हो गया है। बस चलने में अभी कुछ देर थी, किन्तु सुरेश को आई.एस.बी.टी. पर एक-एक पल बस

चलने का इन्तजार करना बहुत भारी पड़ रहा था। विगत एक माह में इस मायानगरी के कटु अनुभवों को याद कर वह यहाँ से तुरन्त निकल जाना चाहता था। बस में यात्रा करते हुये पूरी रात उसकी आंखों के समक्ष अस्पताल में घटित एक-एक घटना जो उसने स्वयं अपनी आंखों से देखी थी, प्रकट होने लगी। सुरेश सोचने लगा कि क्या यही दिल्ली जैसे महानगरों की झूठी शानौ शौकत है? जहाँ की दौड़ती-भागती जिन्दगी में एक पल रूककर अपने-पराये किसी के प्रति भी संवेदना अथवा सहानुभूति के दो शब्द कहने की भी फुर्सत नहीं है।

एक पल के लिये वह सोचने को विवश हो गया था कि इससे लाख गुना बेहतर जिन्दगी तो हम पहाड़ में जी रहे हैं, जहाँ की माटी में दुनियाभर की दुःख विपदा को समेटकर सुख बांटने की परम्परा जन्म जन्मान्तर से आज तक भी रची-बसी है। दोपहर बाद गाँव पहुंचकर उसने बरामदें में पिता का अस्थिकलश रख माँ को यह दुःखद समाचार सुनाया तो माँ जोर-जोर से चीखती हुई बेहोश हो गई। माँ की चीखें सुनकर पल भर में ही पूरा का पूरा गाँव ही नहीं अपितु आसपास के गाँवों के लोग भी उनके घर एकत्रित होकर सुरेश व उसकी माँ को ढाढस बंधाते हुये सांत्वना देने लगे।

अपनो के बीच से सहानुभूति के बोल सुन सुरेश की आंखों से दिल्ली में सूख चुके आंसू एकाएक अश्रुधार बनकर निकल आये और वह फूट-फूटकर रोने लगा। रोते-रोते जब उसका मन कुछ हल्का हुआ तो वह महसूस कर रहा था कि महानगरों व शहरों में आधुनिकता की चकाचौंधा में कब की जिन्दा दफन हो चुकी मानवीय संवेदनायें तो वास्तविक रूप में पहाड़ के कण-कण में रची बसी हैं, जिनके बीच आज वह अपना दुःख हल्का कर सका है।

14

मनीआर्डर

'सुन्दरू के पिता का मनीऑर्डर नहीं आया, इस बार न जाने क्यों इतनी देर हो गई? वैसे महीने की दस से पन्द्रह तारीख के बीच उनके रूपये आ ही जाते थे। उनकी ड्यूटी आजकल लेह में है। पिछले महीने तक वे सुदूर आईजॉल मिजोरम में तैनात थे, तब भी पैसे समय पर आ गये थे, किन्तु इस बार तो हद हो गई थी। आज महीने की सत्ताईस तारीख हो गई और सुन्दरू के पिता के रूपये तो दूर, लेह लद्दाख जाने के बाद से कोई चिट्ठी तक नहीं आई। समझ में नहीं आता कि कहाँ से बच्चों की फीस व घर की राशन पानी के लिए पैसों का इन्तजाम करूंगी?'

रंजू के मन में जहाँ कई तरह की आशंकाओं के बादल मंडरा रहे थे, वहीं वह इस बात को लेकर कुछ ज्यादा ही परेशान थी कि अगले दो-एक दिनों में मनीऑर्डर न आने पर पैसों की व्यवस्था करेगी तो करेगी कहाँ से? आखिर मनीऑर्डर की प्रतीक्षा में कितने दिनों से वह बच्चों को उनकी फीस सहित हल लगाने वाले, घराट की मरम्मत कर रहे मिस्त्री सहित न जाने कितने लोगों से वायदा जो कर चुकी थी।

मोहन लाल ने टोलका व पलडुंगा के खेतों का हल तो पहले ही आधे- अधूरे में ही छोड़ दिया है। उसके पास गांव के तीन-चार और लोगों के खेतों में हल चलाने का जिम्मा है। अगले दो-तीन दिनों में यदि उसे रूपये नहीं मिले, तो हमारे खेतों में उसकी दिलचस्पी बिल्कुल ही खत्म हो जायेगी। मिस्त्री भी तब से तीन-चार बार आ चुका है रूपये लेने। बच्चों को भी तो पन्द्रह तारीख तक स्कूल की फीस जमा करनी थी। आज तक तो वह बच्चों को किसी तरह मनाकर बेमन से स्कूल भेजे जा रही थी, लेकिन आजकल में यदि मनीऑर्डर नहीं आता

तो बड़ी मुश्किल में कहाँ जायेगी वह। इसी उधेड़ बुन में आज का आधा दिन भी बीत चुका था।

जब सुन्दरू के पिता घर आते, तो मोहन लाल से जो भी काम करवाओ, वह हर पल तैयार रहता। पिछली बार की होली में मोहन लाल ज्यूठाण के खेतों के पुस्ते से नीचे गिर गया था, तो सुन्दरू के पिता ने अकेले ही उसे कंधे पर लादकर चार मील दूरी अस्पताल तक पहुँचाया था।

यद्यपि मामला हल्की-फुल्की चोट में ही टल गया, क्योंकि नीचे गोबर का ढेर लगा था, जिसमें गिरने से वह और अधिक चोटिल होने से बच गया। कुछ दिन बाद मोहन लाल जब हमारे चौक में आया, तो टोपी उतार कर सुन्दरू के पिता के पाँवों में रखकर कह रहा था। 'काका नहीं होते तो उस दिन मर ही जाता मैं। काकी, ये अहसान जिन्दगी भर नहीं भूल पाऊँगा। काका के मेरे ऊपर पहले भी इतने अहसान हैं कि अब मैं आपके खेतों में बिना रूपये लिये हल जोतूंगा।' उस दिन मोहन लाल की बातें सुनकर रंजू खूब हंसी थी।

सुन्दरू के पापा घर आते तो मोहन लाल उनके ही इर्द-गिर्द मंडराता रहता। वह जब भी घर आते तो एक पेटी फौजी रम लेकर आते और घर का कामकाज करने वालों को पिलाते रहते। हल लगाने वाले से लेकर लकड़ी फाड़ने वाले तक सबके सब दोगुना उत्साह के साथ काम करते और इसके साथ ही घर में यकायक चहलकदमी बढ़ जाती। रंजू को भी अच्छा लगता। लोग कम से कम उन दिनों तो उसकी व उसके परिवार की खैर खबर पूछते हैं। किन्तु आज घर के चौक की मुंडेर पर अकेली बैठी रंजू ये नहीं समझ पा रही थी कि उसकी दुविधा का अन्त कैसे होगा? वह इतनी गहरी सोच में डूबी हुई थी कि अहसास ही नहीं हुआ कि कब शाम के पांच बज गए और स्कूल से बच्चों के लौट आने का समय हो गया। बच्चों की चहल-पहल के बाद ही उसकी एकाग्रता टूटी।

आज का पूरा दिन भी मनीऑर्डर की प्रतीक्षा में पोस्टमैन की राह ताकते ही व्यतीत हो गया, तो रंजू अत्यधिक हताश हो गई थी, साथ ही तरह-तरह की आशंकाओं व अनहोनी के खयालों से ही उसका पूरा बदन सिहर उठता था।

स्कूल से लौटने के बाद तीनों ही बच्चों ने कल फीस के पैसे न देने पर स्कूल न जाने की जिद पकड़ ली। मिस्त्री ने भी कल से घराट की मरम्मत का काम बीच में ही छोड़ देने का रैबार भिजवा दिया। शंकाओं, आशंकाओं के बीच उसने बुझे मन से किसी तरह हिम्मत जुटाकर बच्चों के लिये खाना बनाया और खाना खिलाकर तीनों को सुला दिया, किन्तु स्वयं उसकी तो भूख व नींद दोनों ही न जाने कहाँ लुप्त हो चुकी थी।

रात गहराती जा रही थी, किन्तु रंजू के कानों में तो आज शाम को कलावती सासूजी के कहे शब्द बार-बार गूंज रहे थे 'ब्वारी! रवासन के गधेरे से लेकर तुम्हारे घराट के कोने तक पूरी की पूरी सार में कब की हल जुताई हो गई है, केवल तुम्हारे खेत ही बीच-बीच में बदरंग लग रहे हैं। मोहन लाल से कहकर कल सुबह ही सारे खेतों में हल लगवा लो। इस बार क्या हो गया इस मोहन लाल को? पहले तो सबका काम छोड़कर सबसे पहले लगा दिया करता था तुम्हारा हल।'

रंजू सोचे जा रही थी कि ऐसी जग हँसाई तो पहले कभी नहीं हुई। हमारे खेतों में बुआई न होगी तो मैं किस तरह दुनिया को मुँह दिखाऊँगी? सारे लोग क्या कहेंगे? सुन्दरू के पिता की साख भी तो मिट्टी में मिल जायेगी। नहीं, नहीं मैं ऐसा हरगिज नहीं होने दूँगी।

बीच-बीच में हिम्मत जुटाकर रंजू सोचती कि कल सुबह मधवा ससुर जी से हल जोतने के लिए विनती कर लेती हूँ, परन्तु पिछले महीने बच्चों की कॉपी किताब व स्कूल की पोशाक के लिये एक हजार रूपये भी तो उन्हीं से उधार लिये हैं। अब हल लगाने के लिए भी उन्हीं से कहूँगी तो वे क्या सोचेगें? सुबह उठकर रंजू गौशाला की तरफ जा रही थी कि तब तक मधवा ससुर जी स्वयं ही रास्ते में मिल गये।

'ब्वारी! हवलदार की चिट्ठी पत्री आई कि नही? अरे उसका मनीऑर्डर नहीं आया, तो इस मोहन लाल के भरोसे खेत बंजर ही छोड़ दोगी क्या? थोड़ी देर में बिजुन्डा (बीज का थैला) लेकर आ जाना, मैं अपने बैलों को लेकर बुआई करने टोलका पलडुंगा के खेतों में पहुँच जाऊँगा। मधवा ससुर की बातों से रंजू की आँखे छलछला आईं थी। उसे लगा कि कोई तो है गांव में, जो उसकी चिंताओं में शामिल है।

आज सुबह उसने खिलानधार पोस्ट मास्टर जी के पास सुन्दरू को ये पूछवाने के लिए भेजा कि उनके पैसे आये क्या? तो सुन्दरू मायूस होकर लौटकर बताने लगा, 'मां! बिसनू दादा मुझे डांटते हुए बोले कि 'हमने खा लिए तुम्हारे पैसे? अरे! तेरे बाप ने मनीऑर्डर भेजा ही नहीं, तो मैं तुम्हें पैसे कहाँ से दूँ? हमारे यहां रूपयों के पेड़ लगे हैं, जो सारे गाँव में बटँवाता फिरूं? वहाँ कश्मीर जाकर पूछो, कहीं तेरे बाप ने दूसरी शादी तो नहीं कर ली?'

बिसनू की फटकार से मर्माहत सुन्दरू हताश मन से घर लौटा, तो रंजू ने उसे गले लगा लिया और बहुत देर तक उसका सिर सहलाते हुये उसे सांत्वना देती रही ताकि बाल-मन पर बिसनू के कड़वे बोलों का कुप्रभाव न पड़े। पोस्टमास्टर द्वारा कहे गये एक-एक शब्द यद्यपि जहरीले तीर की तरह उसके शरीर में चुभ रहे थे और मन करता था कि अभी खिलानधार जाकर पोस्टमास्टर

की खबर ले, किन्तु दूसरे ही पल समाज तथा परिवार की प्रतिष्ठा का खयाल आते ही रंजू खुद ही फफक-फफककर रो पड़ी।

कई रोज बीत गए किन्तु सुन्दरू के पिता का मनीऑर्डर नहीं आया। मनीऑर्डर की प्रतीक्षा करते-करते वह थक गई। मनीऑर्डर की आस में घर से लेकर खेत-खलिहान तक आते-जाते वह पोस्टमैन को टकटकी लगाये देखती रहती, लेकिन अब तो पोस्टमैन ने उनके चौक से जाने का रास्ता ही बदल दिया। मोहन लाल, मिस्त्री, लकड़ी फाड़ने वाले यहाँ तक कि गांव के अधिकांश लोगों ने भी रंजू के घर की तरफ झाँकना भी बन्द कर दिया था। हाँ, संकट की इस घड़ी में मधवा ससुर जी और कलावती सासूजी जैसे दो-एक लोगों ने रंजू का हौसला बनाए रखा।

आर्थिक तंगी के बीच बड़ी बेचारगी व लाचारी में रंजू ने एक डेढ माह और गुजार दिए, लेकिन अब तक भी न तो कोई चिट्ठी आई और न ही मनीऑर्डर मिला, तो तरह-तरह की अनिष्ट की आशंकाओं ने उसके मन-मस्तिष्क को झकझोर कर रख दिया। अब तो उसकी आशायें एकदम ही धूमिल हो गईं। 'मम्मी!, पापा कब आयेंगे?' बच्चों के मासूम किन्तु बोझिल सवालों का रंजू के पास कोई जबाव नहीं था। वह निरूत्तर हो, आकाश को ताकते शून्य में निहारती रह जाती और अतीत की परछाइयों में डूबती-तैरती सोचती कि काश! उसने मायके में पिता का कहना मानकर उस समय बी.टी. सी. कर लिया होता, तो आज उसे कदापि यह दिन न देखना पड़ता।

रंजू को याद आ रहा था कि आज से लगभग बीस वर्ष पूर्व प्रथम श्रेणी में बारहवीं पास करते ही उसे और उसकी सहेली प्रभा को पौड़ी से बी.टी. सी. में प्रवेश हेतु आमन्त्रण पत्र एक साथ प्राप्त हुआ था। कितनी मिन्नतें की थी प्रभा ने उससे, बी.टी.सी. ज्वाइन करने हेतु। पिता ने भी फौज से चिट्ठी में बी.टी.सी. ज्वाईन करने की सलाह दी थी, किन्तु उसने किसी की एक नहीं सुनी थी और बी.टी.सी. करने ने साफ इंकार कर दिया था। प्रभा की तो प्रशिक्षण समाप्त होते ही तुरन्त नौकरी भी लग गई थी और वर्तमान में वह उसी गाँव के समीपवर्ती हाईस्कूल में प्राध्यापक पद पर थी। वह सोचती रह गई थी कि काश! आज उसने भी सहेली व परिवार वालों का कहना मानते हुये स्वावलम्बन की प्रेरणा ली होती, तो वह भी अवश्य किसी स्कूल में शिक्षिका के पद पर होती और आज उसे तथा उसके परिवार को ये दुर्दिन न देखने पड़ते।

अपनी परिस्थितियों से सबक लेते हुये रंजू ने सुन्दरू के साथ-साथ अपनी दोनों ही पुत्रियों को स्वावलम्बी बनाने का प्रण कर लिया था, ताकि जो गलती उसने स्वयं की है, उसके बच्चों के साथ उसकी पुनरावृत्ति न हो।

शाम को बच्चों के साथ चौक में बैठी रंजू सोच में डूबी थी कि अचानक सुन्दरू के पिता के बूटों की पदचाप सुनाई दी। बूटों की आहट सुन रंजू की ठहरी हुई जिन्दगी में यकायक जैसे नवजीवन का संचार हो गया था। सामने उसने सुन्दरू के पिता को खड़ा पाया, तो निढाल होकर उनकी बांहों में गिर पड़ी। सुन्दरू ने माँ को सहारा दिया और सुन्दरू के पिता ने उसे गले से लगा लिया। एक मूक संवाद और उसका अनोखा अहसास, मानो रंजू के दु:खों के पहाड़ एक ही झटके में भर-भराकर गिर पड़े हों।

'मैं पिछले महीने मनीऑर्डर नहीं भेज सका। तुझे दु:ख उठाने पड़े होंगे।' सुन्दरू के पिता बोले।

'किसने कहा मुझे दु:ख उठाने पड़े? मनीऑर्डर नहीं आया, न सही। भुम्याल देवता की कृपा से आप सकुशल आ गये, इससे बड़ी बात क्या है मेरे लिये।' रंजू शान्त स्वर में पति की बाँहों में झूलती हुई बोली।

माता-पिता के प्रेमालाप से बेखबर सुन्दरू और उसकी बहिनें पापा का बैग खोलकर उसमें कुछ ढूंढने की कोशिश कर रही थी।

अभी कुछ क्षण पूर्व तक वीरान पड़े रंजू के घर और चौक में फिर से चहल-पहल प्रारम्भ हो चुकी थी, जिनमें बिसनू पोस्टमास्टर से लेकर पोस्टमैन, गाँववाले, मोहन लाल, मिस्त्री, लकड़ी फाड़नेवाले सभी सम्मिलित थे, कोई नहीं थे तो सिर्फ मधवा ससुर जी और कलावती सास जी।

15

एक यक्ष प्रश्न

'नर सेवा ही नारायण सेवा है! किसी का दु:ख हरना एक बहुत बड़ा धार्मिक अनुष्ठान है, पूजा है। मात्र अपने लिए तो एक जानवर भी जीता है, लेकिन वह इंसान ही क्या जो अपने आसपास के वातावरण के प्रति इतना भी संवेदनशील न हो कि दीन-हीन तथा रुग्ण लोगों के प्रति उसका दिल न पसीजे?' गोपाल की इन बातों से गिरीश के उद्वेलित एवं कुंठित मन को कितनी शांति मिली होगी इसकी कल्पना नहीं की जा सकती।

'लेकिन गुरू जी! ये सब जो आप कह रहे हैं, वह तो कहीं दिखता ही नहीं। समाज में कुष्ठ रोगियों के प्रति जो अस्पृश्यता का भाव लोगों के दिलो-दिमाग में है, उसे कैसे दूर किया जाए? यही असली यक्ष-प्रश्न है, जिसका उत्तर शायद आचार्य देव! आपके पास भी न हो।'

ठीक ही तो कहता है गिरीश। पूरे दस वर्ष बीत चुके हैं गोपाल द्वारा स्थापित किये गये इस 'नर सेवा नारायण सेवा' आश्रम को। दो हजार से अधिक कुष्ठ रोगी रह रहे हैं यहाँ।

आश्रम की स्थापना उसे क्यों करनी पड़ी, इसकी भी एक लम्बी कहानी है। गोपाल नहीं चाहता था कि जीवन के अन्तिम क्षणों में जो उपेक्षा और पीड़ा उस के बाबा को सहनी पड़ी, वह किसी और को भी भुगतनी पड़े।

गिरीश आज अपने पिता को इस आश्रम में लेकर आया था, उसकी व्यथा सुनकर गोपाल को अपने बीते दिन याद आ गये।

सियोली गांव की वह नौखम्भा तिबार अब सूनी पड़ चुकी है। उसके खंडहर होगी पत्थरों की नक्काशी बताती है कि अपने जमाने में कभी यह इमारत बुलंद रही थी। मकान के छज्जे के नीचे लगे पत्थरों पर हाथी, घोडे, मोर तथा अन्य जंगली जानवरों के चित्र खुदे हुए हैं। इन सुन्दर पत्थरों पर बनी

कलाकृतियां भवन-स्वामी के वैभव और समृद्धि के साथ ही तत्कालीन समय की बेजोड़ स्थापत्य कला की कहानी खुद-ब-खुद बयां करती हैं। कभी जीवन की चहल-पहल, हर्ष व उल्लास के क्षणों का साक्षी यह विशाल भवन आज जंगली जीवों, चूहों, बिल्ली व कुत्तों की सैरगाह बन चुका है। कितनी चहल-पहल रहती थी उनके घर में।

गांव भर की सभी गतिविधियों का केन्द्र रहती थी उनकी तिबारी। छोटे-बड़े सभी उनके चौक में इक्कठा हो जाते थे। उत्सव और त्यौहारों के मौके पर गाँव परिवार के लोगों के ठहाकों से तिबारी गूँजती थी। सचमुच! जीवन के उत्साह, उमंग व उम्मीदों के इन्द्रधनुषी रंग मानों भगवान ने गोपाल के खुशहाल घर में उड़ेल कर रख दिये हों। कितनी हंसी-खुशी से जीवन की गाड़ी चल रही थी उसके बाबा की। पूरी धनपुर पट्टी में अपनी अलग पहचान थी उनकी। इलाके भर के सभी विद्वजन उनके सामने नतमस्तक होते थे। ज्योतिष, कर्मकाण्ड, श्रीमद्भागवत गीता तथा वेदों-उपनिषदों के मर्मज्ञ थे वे।

रामचरित मानस की चौपाइयों एवं श्रीमद्भगवत गीता के श्लोक सहित वेदों की ऋचाओं के उपाख्यान उन्हें कठंस्थ याद रहते थे, इसीलिए 'मानस-मर्मज्ञ' तथा देवऋषि जैसे अलंकरणों से लोग उन्हें संबोधित करते। लोग कहते, लक्ष्मी और सरस्वती का आपस में बैर है, किन्तु उनके घर में लक्ष्मी और सरस्वती का एक साथ वास था।

बाबा के धारा प्रवाह प्रवचनों पर लक्ष्मी की वर्षा होती थी, दूध, फल, सब्जियों तथा अन्न का अकूत भण्डार। श्रद्धालु यजमान अच्छी-अच्छी चीजें व मूल्यवान वस्तुएं ढो-ढोकर उनके घर तक पहुँचाने में अपना सौभाग्य समझते और बाबा की सेवा को अपने लिए वरदान मानते।

ज्योतिष में तो उनकी इतनी पकड़ थी कि लोग उन्हें त्रिकालदर्शी कह कर पुकारते। भूत, भविष्य व वर्तमान के लिये लोगों के बारे में उनकी टिप्पणियाँ बड़ा महत्व रखती थी। उन्होंने जीवन में कभी भी पंचांग नहीं खरीदा। वे हमेशा अपना बनाया पंचांग ही प्रयोग में लाते। अंग गणित से वे खगोलिक गतिविधियों की जानकारी रखते और ग्रहों की दिशा एवं दशा ज्ञात करके व्यक्ति के जीवन में उसके पड़ने वाले प्रभावों का गहन अध्ययन करने के बाद जब ठोस टिप्पणी करते तो लोग उनके ज्योतिष ज्ञान के कायल हो जाते।

एक बार जम्मू-कश्मीर के तत्कालीन महाराजा ने उन्हें अपने यहाँ श्रीमद्भागवत का प्रवचन करने के लिए आमन्त्रित किया। उनकी विद्वता तथा वाकपटुता से महाराजा इतने अविभूत हो गए कि उन्होंने वहाँ की चौदह बीघा

जमीन के साथ ही उस पर लगे सेब के बागान भी उन्हें भेंट कर दिये। कुछ वर्षों तक वहाँ के बगीचों से बेचे गये फलों के पैसे मनीऑर्डर के जरिए बाबा को आते रहे।

बगीचे की रखवाली के लिए जिस व्यक्ति को उन्होंने वहाँ चौकीदार रखा था, वही आज वहाँ का मालिक बन गया। अब उसके बीबी-बच्चे कहते हैं कि ये उनकी पुस्तैनी जमीन है। भारत-पाक विभाजन के बाद तो वहाँ के हालात और खराब हो गये।

बाद में बाबा ने सोचा कि गढ़वाल की जमीन ही नहीं देखी जा रही है, तो जम्मू-कश्मीर कौन जायेगा आतंकियों से जूझने? जहाँ बंदूक के खौफ से अब पूरी घाटी कांप रही है। अब कहाँ वह जमीन गई होगी और कहाँ वे सेब के बागान? भगवान जाने!

दरअसल उसके बाबा ने सम्पूर्णानन्द संस्कृत विश्वविद्यालय से नव्य व्याकरण एवं ज्योतिष में आचार्य किया था। उन्हीं दिनों उन्होंने वेदों की ऋचाओं, उपनिषदों, श्रीमद्भागवत गीता, रामायण, रामचरित मानस आदि का गहन अध्ययन करते-करते उनके मन में वैराग्य उत्पन्न हो गया।

उन्होंने पच्चीस साल की युवावस्था में ही शास्त्री और आचार्य कर तमाम धार्मिक ग्रन्थों का गहन अध्ययन कर लिया था। छब्बीसवें साल में उनका तन-मन पूरी तरह वैरागी बन गया। अब वे लगातार घूम-घमकर धार्मिक जन-जागरण करने लगे। गांव से दादी ने बाबा को ढूंढने के लिए लोगों को बनारस, वृंदावन तथा मथुरा भेजा। बाद में ताऊजी ने उन्हें भगवा भेष में पकड़ लिया और जबरन घर ले आये।

घर आकर कुछ दिनों तक वे असामान्य रहे, किन्तु जैसे ही उनकी जबरन शादी कराई गई तो वे सामान्य होते चले गये और शीघ्र ही गांव और समाज के लोगों के लिए वे आदर्श बन गये। फिर उनका संदेश था कि लिबास से बैरागी नहीं वरन मन से वैरागी बन जाओ और अपने इन्हीं सात्विक व सद्आचरण युक्त विचारों से उन्होंने लोगों का दिल जीत लिया। यही कारण था कि उनके कहे का लोगों पर त्वरित प्रभाव पड़ता था।

शायद किस्मत के लिखे को कोई भी नहीं टाल सकता। उनके सद्आचरण की मर्मज्ञता नियति के लिखे को नहीं टाल पाई। एक दिन अचानक उन पर कुष्ठ रोग के लक्षण दिखे, तो लोगों को अपनी आंखों पर विश्वास ही नहीं हुआ। श्रद्धालु यजमान सोचते कि वे कोई बड़ा दु:स्वप्न देख रहे हैं। ज्यों-ज्यों उनके शरीर पर कुष्ठ रोग का असर बढ़ता गया, त्यों-त्यों श्रद्धालु यजमानों की श्रद्धा उनके प्रति कम होती चली गई।

एक साल के अन्तराल में ही उनके प्रति लोगों का मान-सम्मान, श्रद्धा, विश्वास तथा भक्ति समाप्त हो गई और जीवन के अंतिम क्षणों में वे गाँव की रूढ़वादी परम्पराओं और अंधविश्वास के शिकार हो गये। गांववालों ने जब एक दिन भरी पंचायत में सुरेशानंद आचार्य को गांव छोड़ने का फरमान सुनाया, तो उनके परिवार पर जैसे दिनदहाड़े वज्रपात हो गया।

गोपाल को लगा जैसे एक युग सा ठहर गया हो, सांसे रूक गई और जीवन का सुर, बेसुरा राग बन गया। गांव के पार मंगरा के खेतों की छोर पर बांज के पेड़ों की छांव में उनके लिए एक झोंपड़ी तैयार की गई। उस झोंपड़ी में उन्हें तन्हा छोड़ दिया गया। यहाँ तक कि खाना भी उन्हें दूर से दिया जाने लगा।

उनके जीवन के पूरे कालखण्ड पर दृष्टिपात करते हुए गोपाल को लगता कि स्वर्ग और नरक दोनों का अहसास मनुष्य को प्राय: अपने जीते जी ही मिल जाता है। उनके इस जीवन के कर्म इतने पवित्र थे कि उन्हें इस तरह के नरक जैसी यंत्रणा नहीं मिल सकती थी, लेकिन उन्हें किन कारणों से इतनी बड़ी सजा भगवान ने दी, यह लोगों की समझ से परे था।

कुछ लोगों ने कहा कि यह पूर्वजन्म के कर्मों का प्रतिफल है। कुष्ठ जैसे असाध्य रोग से लड़ते-लड़ते उन्होंने गाँव के पार बनी उसी झोंपड़ी में एक रात दम तोड़ दिया। गोपाल को बाबा के पास जाने से किस प्रकार रोका गया था! लोग कहते कि 'यह छूत की बीमारी है तुम्हें भी लग जायेगी।'

गांववालों ने गोपाल को बाबा का क्रिया कर्म भी करने नहीं दिया। सबने कहा कि कुष्ठ रोगी को आग में जलाओगे, तो पूरे क्षेत्र में आग के धुएं के साथ कुष्ठ रोग फैल जायेगा, इसलिए पास के गधेरे में ही उन्हें दफना दिया गया था। बाबा के मरने के बाद भी गोपाल के परिवार से गांववालों की बेरूखी कम नहीं हुई। समाज में उनको लोगों की हेय दृष्टि का सामना करना पड़ा। गोपाल के मन में कुष्ठ रोगियों के प्रति सेवाभाव, सच मानिए तो, यहीं से जागृत हुआ था। समाज की उपेक्षा और बाबा के अपमान के दंश ने उसके अन्दर नये गोपाल का प्रादुर्भाव किया।

'क्या सोचने लगे गुरूजी! गिरीश ने गोपाल का हाथ थाम कर पूछा तो यकायक उसकी तन्द्रा टुट गयी। कुछ ही पलों में आदमी सोच-सोचकर बरसों पुरानी अतीत की स्मृतियों में कैसे डूब जाता है? वह सोचने लगा। सचमुच कितने दु:खद तथा मानसिक यंत्रणादायक दिन थे वे! लेकिन अब अन्य कोई गोपाल या उसका परिवार उस तरह की यंत्रणा नहीं झेलेगा, यह निश्चय वह कर चुका था।

उसने गिरीश को बताया कि इस 'नर सेवा नारायण सेवा आश्रम' में इस समय दो हजार से अधिक कुष्ठ रोगी हैं, जिनकी सेवा व उपचार चल रहा है। इसके साथ ही उन्हें शारीरिक ही नहीं मानसिक तौर पर भी समाज में सम्मान से जीने योग्य बनाने हेतु निरंतर प्रयास किया जा रहा है।

गिरीश के कुष्ठ रोगी पिता को अपने आश्रम में प्रवेश कराने के पश्चात गोपाल बोला 'ये तुम्हारे ही नहीं बल्कि मेरे भी पिता हैं और इन जैसे हजारों हजार कुष्ठ रोगियों की सेवा करना ही मेरा धर्म और मेरे जीवन का एकमात्र लक्ष्य है।'

पिता को आश्रम में छोड़ने के बाद वहाँ से निकलकर गिरीश सोचते हुए जा रहा था कि हमारे रूढ़िवादी समाज द्वारा ठुकराये गये इन बेसहारा, निराश्रित मनीषियों की सेवा करते हुये ही गोपाल को शायद अपने इस यक्ष-प्रश्न का उत्तर मिल जाये....!

16

चक्रव्यूह

जैसे ही घड़ी की सुइयों ने बारह बजाये और एक-एक करके बाहर घण्टों की आवाज सुनाई दी, तो शशांक ने सिर ऊपर उठा कर घड़ी की ओर देखा।

'ओफ्फोह! आज फिर बारह बज गये! लगता है घर पहुँचते-पहुँचते एक तो बज ही जायेगा। पल्लवी फिर मुँह फुलाकर सो गई होगी, किन्तु क्या करे वह भी? दो दिन बाद ही तो सेमिनार है, जिसमें सहभागिता हेतु किसी विदेशी कम्पनी के उच्चाधिकारी यहाँ आ रहे हैं। चूंकि शशांक की कम्पनी को उनसे बहुत अच्छा व्यवसाय मिलने की उम्मीद है, इसलिए रात-रात भर काम करके सेमिनार की तैयारी हो रही है।

उसने एक अँगड़ाई ली। विदेशी कम्पनी के प्रतिनिधियों के समक्ष प्रस्तावित प्रेजेन्टेशन की रूपरेखा तैयार हो चुकी थी। उसने घण्टी बजाकर चपरासी को बुलाया।

'क्यों रामदीन! सब जा चुके हैं या अभी भी कोई बैठा है?'

'साहब, बड़े साहब आधा घण्टा पहले ही गये हैं। अब आप ही ऑफिस में हैं।' रामदीन बोला।

'ठीक है, अब मैं भी चलता हूँ।'

रामदीन ने शशांक का ब्रीफकेस उठाया और उसे कार पार्किंग तक छोड़ गया। शशांक इतना थक चुका था कि इस वक्त उसका गाड़ी चलाने का कतई मन नहीं कर रहा था, लेकिन क्या करता ड्राइवर को तो उसी ने छुट्टी दी थी।

'यहाँ से घर पहुँचने में अभी आधा घण्टा और लगेगा।'

घर पहुँचकर डुप्लीकेट चाबी से उसने घर का दरवाजा खोला और चुपके से घर में दाखिल हो गया। पल्लवी की सख्त हिदायत थी कि देर रात में पहुँचने पर घण्टी मत बजाया करो, बच्चों की नींद खराब होती है।

उसके आने की आहट से मामा की नींद खुल गई।

'साहब, खाना लगाऊं?'

'नहीं मामा, मैं ऑफिस में खाकर आया हूँ।' कहते हुए शशांक अपने शयनकक्ष में चला गया।

पल्लवी इस सबसे बेखबर गहरी नींद में सो रही थी। शशांक बिस्तर पर लेट गया, किन्तु नींद उसकी आँखों से कोसों दूर थी।

क्या यही जिन्दगी चाही थी उसने? बचपन से ही पढ़ाई में अव्वल शशांक ने बारहवीं के बाद जब देश के नामी तकनीकी संस्थान से इंजीनियरिंग की पढ़ाई अच्छे अंकों से उत्तीर्ण की, तो उसके सामने नौकरी के प्रस्तावों की झड़ी सी लग गई थी। कोई भी अच्छी कम्पनी इस होनहार इंजीनियर को अपने हाथों से निकलने नहीं देना चाहती थी।

शशांक एक मध्यवर्गीय परिवार से था और अपनी योग्यता के अनुसार पैसा कमाने की चाह रखता था। अपने दोस्तों से सलाह लेकर उसने एक कम्पनी में नौकरी कर ली। यहाँ उसे वेतन का बहुत अच्छा पैकेज मिला था, किन्तु काम करते-करते रात कब होती थी, यह पता नहीं चलता। सप्ताह के पाँच दिन तो सुबह से देर रात तक ऑफिस में ही व्यतीत होते, लेकिन शनिवार तथा रविवार को पूर्ण अवकाश होने के कारण शशांक को अपने लिए समय मिल जाता। इन दो दिनों में वह दोस्तों के साथ खूब मौजमस्ती करता और वेतन का भरपूर उपयोग करता।

उसकी प्रतिभा और परिश्रम को देख कम्पनी ने उसे दो वर्ष के लिए अमेरिका जाने का प्रस्ताव दिया तो शशांक फूला नहीं समाया। उसके माता-पिता भी अपने पुत्र की प्रगति से बहुत प्रसन्न थे।

अमेरिका से वापिस लौटते ही शशांक के माता-पिता ने एक सुसंस्कारित परिवार की सुशील लड़की पल्लवी से शशांक का रिश्ता तय कर दिया। शशांक ने पहले ही घर पर कह दिया था कि उसे नौकरी वाली लड़की नहीं चाहिए। लड़की पढ़ी लिखी हो ताकि वह घर को अच्छी तरह से चला सके। साथ ही बच्चों को पर्याप्त समय देकर उन्हें अच्छे संस्कार दे सके। आर्थिक रूप से किसी मदद् की उसे आवश्यकता नहीं थी क्योंकि उसकी कम्पनी उसे काफी अच्छा वेतन और सुख-सुविधाएं दे रही थी।

विवाह होते ही पल्लवी ने शशांक के बिखरे हुए घर को संभाल लिया। शशांक को अब लगता कि औरत के बिना घर-घर नहीं होता। विवाह के तुरन्त बाद ही शशांक को पदोन्नति मिली, तो उसे लगा उसकी जिन्दगी में पल्लवी का आगमन उसके लिए बहुत शुभ है।

पदोन्नति के साथ-साथ जहाँ उसकी जिम्मेदारियां बढ़ती जा रही थी, वहीं दूसरी ओर घर के लिए समय कम होता जा रहा था। आरम्भ में सप्ताहांत का समय वह पल्लवी के साथ ही बिताया करता था, लेकिन अब तो काम के दबाव के कारण कभी-कभी यह भी सम्भव नहीं हो पाता था और सप्ताहंत में भी अधिकांशतया किसी न किसी मीटिंग अथवा सेमीनार में व्यस्त रहने लगा था।

कुछ ही समय बाद पल्लवी गर्भवती हो गई। हर महीने उसे जांच करवाने डॉक्टर के पास जाना पड़ता, तो शशांक यथासम्भव प्रयत्न करता कि उसे अपने साथ ही डॉक्टर के पास लेकर जाये, किन्तु ऐन वक्त पर कोई न कोई काम आ जाता और उसे मन-मसोस कर पल्लवी को अकेले ही जाँच करवाने जाने को कहना पड़ता।

पल्लवी ने एक पुत्री को जन्म दिया और उसके पालन-पोषण में व्यस्त हो गई। अब उसने शशांक से समय पर न आने की शिकायत करना लगभग बन्द ही कर दिया था। शशांक को लगा कि शायद अब पल्लवी उसकी मजबूरियां समझने लगी है।

इस बीच शशांक की एक और पदोन्नति हो चुकी थी और उसे मुम्बई स्थित मुख्यालय में स्थानान्तरित कर एक महत्वपूर्ण विभाग का इन्चार्ज बना दिया गया था।

जैसे-जैसे उसकी व्यस्ततायें बढ़ती जा रही थी, अपने दिन-प्रतिदिन के काम के लिए उसकी पल्लवी पर निर्भरता बढ़ती जा रही थी। यहाँ तक कि उसे अपनी जरूरतों का सामान खरीदने के लिए बाजार तक जाने फुर्सत नहीं मिल पाती थी। कई बार उसे लगता कि क्या इतना पैसा वह इसलिए कमा रहा है कि उसके अपने पास उसे खर्च करने का वक्त नहीं है? लेकिन दूसरे ही पल यह सोच कर सन्तोष कर लेता कि वह स्वयं न सही, उसके अपने तो उस पैसे से एक सुखद जिन्दगी जी रहे हैं।

समय बीतता जा रहा था। पल्लवी अब दो बच्चों की माँ थी। शशांक को बच्चों से बात करने का भी बहुत कम समय मिलता। सुबह जब वह उठता, बच्चे स्कूल जा चुके होते और रात को वापिस लौटता तो बच्चे सो चुके होते। कभी जल्दी आने का प्रयास करता तो ऑफिस से किसी न किसी कार्य से बार-बार फोन आते रहते, कि उसे लगता, इससे अच्छा तो वह ऑफिस में ही ठीक था।

यह सब सोचते-सोचते न जाने कब उसे नींद आ गई। सुबह उठा तो सिर भारी था।

'रात कब घर आये, मुझे उठा तो देते?' पल्लवी ने पूछा।

'बहुत देर हो गई थी, सोचा तुम्हें परेशान न करूँ। परसों एक सेमिनार है, उसकी तैयारी चल रही है।' शशांक निरपेक्ष भाव से बोला।

अगले दो दिन बहुत निर्णायक थे। शशांक अपनी कार्यकुशलता एवं वाकपटुता से विदेशी कम्पनी से एक बहुत बड़ा व्यवसाय प्राप्त करने में सफल रहा था। इसी खुशी में शाम को एक पार्टी का आयोजन किया गया था।

शशांक ने यह खुशखबरी पल्लवी को फोन पर सुनाई, तो उसने गर्मजोशी से उसे बधाई दी।

'शाम को तैयार रहना! इस खुशी में एक बहुत बड़ी पार्टी दी गई है। मैं तो घर नहीं आ पाऊंगा, तुम ड्राइवर के साथ आ जाना।' शशांक उत्साहित होकर बोला।

'नहीं शशांक, मैं नहीं आ पाऊंगी? बच्चों की परीक्षाएं चल रही हैं। अगर अच्छे नम्बर नहीं आये, तो वे हतोत्साहित हो जायेंगे। प्लीज, शशांक, समझो।' पल्लवी आहिस्ता से बोली।

'ठीक है।' शशांक ने फोन बन्द कर दिया।

शाम को पार्टी में हर जगह शशांक के चर्चे हो रहे थे। सब इस सफलता का श्रेय शशांक को ही दे रहे थे।

शशांक सुन कर मुस्कराने का प्रयास कर रहा था, किन्तु इस समय उसे पल्लवी की कमी खल रही थी। आखिर क्या पाया उसने इतनी भागदौड़ करके? आज जब सब इस सबका श्रेय उसे दे रहे हैं, तो उसके अपने इस भीड़ में कहाँ है? इसके बाद उसके वेतन में कुछ और वृद्धि हो जायेगी, कुछ और सुविधायें बढ़ा दी जाएँगी, लेकिन करेगा क्या वह इस वेतन वृद्धि का? जितना उसे मिल रहा है, क्या उसे खर्च करने का समय है उसके पास? जिनके लिये वह ये सब जुटाने का प्रयत्न कर रहा है, क्या वे लोग हैं उसके साथ?

शशांक पता नहीं कब अपनी ही धुन में पार्टी से बाहर निकल आया और खिन्न मन से कार पार्किंग की तरफ बढ़ने लगा। आज सचमुच उसे पल्लवी और बच्चों की बहुत याद आ रही थी।

अचानक ही उसका मोबाइल बज उठा 'शशांक कहाँ हो तुम? सी.एम. डी. साहब कब से तुम्हें तलाश कर रहे हैं। तुमसे व्यक्तिगत तौर पर मिलना चाहते हैं। जल्दी पार्टी हॉल में पहुँचो।' शशांक के सहयोगी विशाल का फोन था।

'अभी आया, मैं बस हॉल के बाहर ही खड़ा हूँ।' और शशांक वापिस हॉल की ओर मुड़ गया।

'अब कोई चारा नहीं है शशांक! तुम्हें अब इसी दुनिया में और ऐसे ही रहना है। तुम्हें इन सबकी और इन्हें तुम्हारी आदत जो पड़ चुकी है। चाह कर भी इस चक्रव्यूह से निकलना अब तुम्हारे लिये सम्भव नहीं है।' शशांक मानो अपने आप से कह रहा था।

'पल्लवी मुझे माफ करना।' मन ही मन कहता हुआ शशांक एक बार फिर हॉल के अन्दर था, जहाँ तालियों की गड़गड़ाहट के बीच फूल मालाओं के साथ उसका स्वागत-सम्मान किया जा रहा था।

17

दीनू

धारचूला से पिथौरागढ़ का संकरा और सर्पीला मोटर मार्ग, कभी नीचे गोरी गंगा के दर्शन होते हैं तो कभी काली गंगा के। इन दोनों का संगम स्थल बहुत ही सुन्दर, किसी का भी हृदय मोह लेने वाला। मुंस्यारी की ओर से आ रही गोरी गंगा और धारचूला की ओर कैलाश से आती काली गंगा जौलजीवी में एक-दूसरे में विलय हो जाती है। गोरी गंगा अपने स्वरूप को काली गंगा में समाहित कर अद्भुत संगम में परिवर्तित हो जाती है जो आगे पंचेश्वर तीर्थ तक अपने अनुपम प्राकृतिक व आध्यात्मिक सौन्दर्य को बिखेरती हुई प्रकृति प्रेमियों, सैलानियों को अपने मोहपाश में बांध लेती है। इन चित्ताकर्षक नजारों को देखकर ऐसा प्रतीत होता है कि कुदरत ने सारी नैसर्गिक सुन्दरता जैसे यहाँ उड़ेल कर रख दी हो।

आनंद गांव व पहाड़ों की चोटियों के बारे में कुछ न कुछ बताता जा रहा था, एकाएक संकरी घाटी आयी तो मालपा प्रकरण की चर्चा शुरू हो गयी। ओह! कैसा समय था वह, बस याद करते ही रोंगटे खड़े हो गये। राघवेश अचानक कहीं खो सा गया था। आनंद बोला 'क्या हो गया?'

राघवेश ने जैसे अपने को झकझोर कर फिर पहली स्थिति में लाते हुए कहा 'होना क्या है, सोच रहा हूँ कि प्रकृति भी क्या है, कभी-कभी कैसी लीला खेलती है! सन् 1999 में मालपा प्रकरण जब हुआ 14 प्रदेशों के लोग जो मानसरोवर की यात्रा पर आये थे, अलग-अलग दल जगह-जगह फंस गये थे और मालपा पर तो कहर ही ढा दिया था प्रकृति ने। पूरी पहाड़ी ने ऊपर से गिरकर दर्जनों लोगों को अपना शिकार बना दिया था। कुछ लोगों का तो पता ही न चला, मलबे के साथ नदी में बह गये थे और कुछ की लाशों को भी बड़ी मुश्किल से निकालना पड़ा था। पूरी सेना का सहयोग लेना पड़ा था

बल्कि स्थिति यह थी कि सेना भी असहाय सी हो गयी थी। क्या करती- चारों ओर सड़क टूट चुकी थी और मालपा में ऊपर से पहाड़ गिरता जा रहा था। नीचे बचे लोग ऊपर से मलवा गिरता देख कभी इधर भागते, कभी उधर भागते, चीखते चिल्लाते, पर कुदरत की भी यह कैसी माया रही कि दौड़ने भागने की कोई जगह नहीं। एक ओर पेड़, पत्थर और मलबे को बहाती उफनती नदी और ऊपर की ओर भयंकर चट्टान से गिरते भारी पत्थर और मलबा। अपनी मौत को स्वयं अपने सामने देखा था लोगों ने।

हैलीकॉप्टर में सेना के जवान ऊपर घूमते, पर असहाय होकर इस विनाशकारी दृश्य को देखकर उनका भी दिल पसीज जाता था। एक तो बिल्कुल संकरी घाटी, हैलीकॉप्टर के नीचे उतरने का सवाल ही नहीं। दूसरे उस क्षेत्र के चार-पांच किलोमीटर तक कोई भी ऐसा सुरक्षित स्थान नहीं था जहां हैलीकॉप्टर उतर पाता। दूर उतरता भी तो कई किलोमीटर तो सड़क जगह-जगह टूटी है और मालपा में तो दोनों तरफ आधा-आधा किलोमीटर सड़क का कहीं पता ही नहीं, कहां चली गयी। हैलीकॉप्टर से सेना के जवान ठीक मालपा पर भी नीचे कूदते पर सिवाय मौत के उन्हें भी फिलहाल कुछ हासिल नहीं हो सकता था, क्योंकि लगातार ऊपर से पहाड़ गिरता जा रहा था।

राघवेश अभी बात पूरी भी नहीं कर पाया था कि अचानक आनंद ने गाड़ी रोकी और एक छोटी सी झोपड़ी की ओर हाथ से इशारा करते हुए बोला, दीनू से मिलेंगे साब आप............'

'ये दीनू कौन है।'

'अरे साब वही दीनू जो इतने वज्रपात में दर्जनों लोगों के बीच अकेला बच गया था। तीन दिन बाद मलबे के बीच फंसे दीनू को सेना के जवानों ने जिंदा निकाल लिया था। इसका पूरा परिवार तो यात्रियों के साथ मलबे में दबकर खत्म हो गया था, यह वहीं मालपा में एक छोटी-सी झोपड़ी बनाकर छोटी-मोटी चाय की दुकान कर बच्चों को पाल रहा था। कुछ दिनों से तो बहुत खुश रहता था। एक बंगाली यात्री ने कह दिया था कि उसके बेटे को साथ ले जायेंगे और अच्छी नौकरी लगवा देंगे। मानसरोवर यात्रा से लौटते हुए लड़के को साथ ले जाने की बात हो गयी थी, किन्तु! किसको पता था कि यात्री के मानसरोवर से लौटने से पहले ही वह हमेशा के लिए यहां से चला जायेगा.......।'

'राघवेश तुरन्त कार से नीचे उतरा और झोपड़ी की ओर बढ़ने लगा, देखा कि दीनू के छोटे से कमरे में उसके बिस्तर से लेकर हर एक कोने में हार्डबोर्ड पर चित्र ही चित्र फैले हुए हैं; कुछ टीन सीटों पर, कुछ कागजों में, और वह चित्र बनाने में डूबा हुआ है। थोड़ी देर तक खड़े रहने के बाद भी दीनू ने नजर

नहीं उठायी और वह चित्र बनने में ही डूबा दिखाई दिया तो आनंद ने आवाज देकर कहा–'दीन दा!'

बड़ी मुश्किल से दीनू ने धीरे से सिर उठाया, एक निगाह डाली, हाथ से इशारा किया और फिर डूब गया अपनी दुनियां में।

राघवेश बोला, क्या दीनू बोला नहीं।

'नहीं साब उस हादसे ने उसकी आवाज को छीन लिया, पर इच्छा शक्ति तो देखिये गजब की है।'

'इतने चित्र कहां भेजते हैं ये, कौन बनवाता है इन चित्रों को।'

'अरे साब आपको मालूम नहीं मालपा की दुर्घटना ने जहां इससे पूरे परिवार को छीन लिया वहीं भगवान ने क्या जादू किया कि ये पत्थर पर जीवंत चित्र बनाने लगा। धीरे–धीरे लोगों ने इसे समझा, यह झोपड़ी सरकार ने बनवा दी थी। बड़ी मुश्किल से तो यह मौत के मुंह से बचकर आया, छः माह तक तो दिल्ली अस्पताल में रहा, पर अब तो पूरी दुनियां भर के लोगों का तांता लगा रहता है इसके पास।

किताब छपवाने वाले लोग हों, या पहाड़ प्रेमी लोग, देश के कोने-कोने से आकर इसके बनाये चित्रों को खरीदकर ले जाते हैं। ये तो लखपती बन गया साब लखपती।'

'लेकिन इसकी स्थिति तो.........।'

'अरे साब ये चाहे तो खरीद ले आधा डीडीहाट, इतना पैसा है इसके पास, पर सब 'मंगलम्' संस्था को दे देता है। इन सात-आठ साल में इसने सैकड़ों लोगों की आंखों का आप्रेशन करवाया, जो लूले-लंगड़े हैं उनका इलाज कराने से लेकर उन्हें बैसाखी देना और व्हील चेयर से लेकर उनके बच्चों को पढ़ाने तक की जिम्मेदारी अपने ऊपर ले रखी है।

राघवेश जहां का तहां खड़ा का खड़ा रहा गया था। उसकी नजर दीनू के चेहरे से हटने का नाम नहीं ले रही थी। वह कभी सामने खड़े पहाड़ और नीचे बहती नदी को, और कभी उस झोपड़ी के कोने में बसे दीनू के संसार को एकटक देखे जा रहा था। दीनू के साथ हुए हादसे की कल्पना भर से उसके रोंगटे खड़े हो गये। उसने नदी के संगम पर गहरी सोच में डूबे व्यक्ति का चित्र उठाया उस पर अंकित धनराशि को जेब से निकालकर दीनू के सामने रखा और डीडीहाट की ओर चल पड़ा। कार में बैठे-बैठे वह लगातार उस चित्र को देखता रहा। कैसा सजीव दृश्य उकेरा है इस तस्वीर में, इस तस्वीर में जैसे सारी दुनियां समा दी है दीनू ने।

उस जीवंत तस्वीर के सम्मोहन से वह न जाने किस दुनिया में खो गया। कुछ क्षणों के लिए वह जीवन के झझांवतों, आपा-धापी से मुक्त, तस्वीर की गहराईयों में डूबता चला गया।

18

उत्सर्ग

मेंढापणी की खड़ी चढ़ाई को पार करना माउंट एवरेस्ट पर फतह हासिल करने जैसा था। कमोबेश इन पहाड़ी पगडंडियों की चौड़ाई ज्यूरांगली की आत्मघाती हथेली की मानिन्द चौड़ाई लिए, नितांत संकरी व सर्पाकार गलियों से मेल खाती थी, अन्तर सिर्फ इतना था कि यहां बांज, बुरांस, अंय्यार के घने जंगलों को सूरज की किरणें भी भेद कर जमीन नहीं छू पाती थीं। इन जंगलों से सटे हुए बुग्यालों में दूर-दूर तक पसरा हुआ आनंद और आत्मविस्मृत कर देने वाली मनोरमता कहीं अन्यत्र वाकई दुर्लभ थी।

इन चित्ताकर्षक बुग्यालों के निचले हिस्सों में फैले घने जंगल, दूर-दूर तक भी कहीं आखिर छोर न दिखता। इन्हीं विशाल एवं विस्तृत पहाड़ों को काटकर बनाई गई सड़क, एक बारगी लगता था कि प्रकृति के अकूत सौन्दर्य पर मनुष्य द्वारा की गई अवांछित छेड़-छाड़ है, लेकिन फिर लगता था कि मानवीय हलचल के बिना प्राकृतिक सौन्दर्य का सोपान कैसे? 'हजारों साल से नरगिस अपनी बेनूरी पे रोती है, बड़ी मुश्किलों से होता है चमन में दीदावर पैदा।' इन बीहड़ अभ्यारण्यों व गिरि कन्दराओं के बीच बस में बैठ कर जाना किसी स्वर्गीक आनंद से कम न था। खिड़की के शीशों को खोलते ही शीतल मंद बयार के झोंके, सामने दिखते फेनिल झरने, ऊंचाई से गिरते प्रपात, पक्षियों का कलरव, इस निस्तब्धता व नीरवता को तोड़ती बस की घों-घों।

यात्रियों में कुछ लोग प्रकृति के इन दिलकश नजारों का आनन्द ले रहे थे। पहली बार पहाड़ों की यात्रा करने वालों को भय व रोमांच का मिश्रित अहसास इन संकरी सड़कों पर किंचित जाग उठता था। बस के अंदर कुछ ऐसे भी लोग थे जिन्हें बाहरी प्राकृतिक सौन्दर्य से कुछ लेना-देना नहीं था, वे अपनी और-और बातों में मशगूल अपने-अपने तर्क-वितर्क गढ़ रहे थे।

कुछ देर में जीएमओ की एक बस सड़क किनारे स्थित एक चाय की दुकान पर रूकी। ड्राइवर ने झटके से अपना दरवाजा खोल कर उतरते हुए कहा-सभी चाय पी लो, आगे फिर बस कहीं नहीं रूकेगी। बस के रुकते ही कार्तिकेय अपने साथियों के साथ बस से उतर कर चाय की दुकान पर लगी बेंच पर बैठ गया।

'चाचा! चार चाय!'

और केतली पर पहले से ही तैयार चाय को पीतल के गिलासों पर भर-भरकर चाय थमाते हुए दुकानदार बोला 'कहां से आये हो बेटा?'

'दिल्ली से पहाड़ घूमने आये हैं।'

'अभी पढ़ते हो क्या?'

'नहीं'।

'क्या करते हो फिर?'

'हम पत्रकार हैं!'

पत्रकार सुनते ही तो दुकानकार के चेहरे के भाव बदल गए। उसके चेहरे से जैसे कोई असहाय पीड़ा व दर्द उमड़ पड़ा हो। ऐसा लगा जैसे इसके अन्दर दफन एक दर्द भरी कहानी कुछ बयां कर अपने को हल्का करना चाहती हो। कार्तिकेय ने काका को कुरेदा 'हमारा पत्रकार होना अच्छा नहीं लगा आपको?'

अब तो कुछ भी अच्छा नहीं लगता।' दुकानदार एक ठंडी सांस लेकर बोला-'आप लोग क्या लिखते हो? किसके बारे में लिखते हो? क्या गरीब की पीड़ा को कभी देखा आपने? क्या गरीबों को स्थान देते हो आप लोग अपनी खबरों में, अखबारों में?'

सरकार की चाटुकारिता के अलावा आज कुछ रह गया है क्या? कभी मिशन रही होगी पत्रकारिता, पर आज स्वार्थों में ही सिमट गई। चुग्गा डालो और खबरें लिखवाओ, खबरें छपवाओ या छिपवाओ। कुछ भी करा लो। मैं देख रहा हूं कि आज के अखबार हों, चाहे पत्रिकाएं, कुछ खास किस्म के सच ही उगल रहे हैं। विज्ञापन पाने को होड़ ने तो आप लोगों की आंख व कानों पर ताले जड़ दिये हैं, बुरा मत मानना बेटा।' फिर थोड़ा सिर हिलाते काका बोले- 'गहरी नींद में सोये हुए को जगाया जा सकता है लेकिन बेटा ठग नींद में सोये को ढोल नगाड़ों से भी नहीं उठाया जा सकता।'

काका की बातों से कार्तिकेय को जैसे सांप सूंघ गया था। ठगा सा वह अवाक् केवल सफेद दाड़ी वाले बूढ़े काका की ओर देखता ही रह गया। इस तरह की अप्रत्याशित व बेबाक टिप्पणी से उसे लगा कि यह सामान्य पहाड़ी दुकानदार नहीं वरन् परिस्थितियों का मारा एक संवेदनशील व जागरूक

नागरिक है जो व्यवस्थाओं के खोखलेपन का शिकार है लेकिन देश काल व परिस्थितियों पर पैनी निगाह रखता है।

उसने धीरे से काका से पूछा- 'काका अपने बारे में आप कुछ बतायेंगे?

'क्या बतायें? बताने को कुछ रहा होता तो बताते।'

जब कार्तिकेय ने जोर देकर उनसे कुछ बताने का आग्रह किया तो गम्भीर मुद्रा में काका बोले-'सब कुछ खो कर क्या पाया हमने, मान-मर्यादा सभी मिट्टी में मिल गई। हम तो अभागे ही रहे।' कहते हुए उनकी आंखों में आंसू छलक आये।

कार्तिकेय ने झट से काका का हाथ पकड़ा-'आपको बुरा लगा हो तो माफ कीजियेगा।'

फिर काका थोड़ा सा शांत हो गये। बातों के साथ-साथ चाय बनाने व लोगों के हाथों पर चाय का गिलास पकड़ाने का काम भी काका करते रहे। इस उम्र में भी लोगों के जूठे बर्तन धोने की काका की क्या मजबूरी हो सकती है, यह दिल ही दिल में सोचकर कार्तिकेय और परेशान हो उठा।

'काका अकेले काम पर जुटे हैं और बच्चे.......' तभी एक आदमी जो पास बैठा था बोला।

'बच्चों ने ही तो धोखा दिया। धोखेबाज निकले दोनों। इस उम्र में बूढ़े मां-बाप को हमेशा के लिए चौराहे पर छोड़ गये, एक सेना में था जो लड़ाई में शहीद हो गया और दूसरा पत्रकार था जो मुजफफरनगर काण्ड की बलि चढ़ गया।'

यह सुनते ही कार्तिकेय स्तब्ध रह गया। काका को ढांढस बँधाते हुए बोला- 'काका ये तो बहुत बुरा हुआ......।'

बहुत देर तक शांत रहने के बाद चुप्पी तोड़ते हुए काका बोले- 'एक बेटा देश की सेवा में कुर्बान हो गया उसका मुझे कोई गम नहीं है, वह हमेशा के लिए चला गया, ये दु:ख तो कलेजे पर हमेशा रहेगा, पर कहीं ऐसा भी सुना तुमने कि जिन लोगों के हाथों में आम आदमी की सुरक्षा की बागडोर हो वो किसी नौजवान को इसलिए मार डालें कि वह अपनी मां-बहिनों की इज्जत बचाने की कोशिश कर रहा हो?'

'काका! मां-बहिनों की इज्जत बचाने वाले को तो हमेशा ही सम्मानित किया जाना चाहिए।' कार्तिकेय बोला।

'मिल गया उसे सम्मान! इससे बड़ा क्या सम्मान हो सकता है। उसको हमेशा के लिए सुला दिया।' यह कहते हुए काका की आंखों से अश्रुधारा बहने लगी।

'क्या कसूर था उसका। अपने अधिकारों की लड़ाई लड़ना अन्याय के विरूद्ध आवाज उठाना क्या गुनाह है? लोगों के साथ राज्य मांगने के लिए दिल्ली जाना क्या स्वतंत्र देश में अपराध है? पर खाकी वर्दीधारियों की गुंडई का शिकार हो गया मेरा बेटा। अरे रोकना भी था उन्हें तो लाठियां मारते कम से कम लूला, लंगड़ा, अपाहिज बनकर ही सही पर कैसे भी घर लौटता, मुझे कहने को तो होता मेरा एक बेटा जिंदा है। उसका कसूर भी क्या था जब मां-बहिनों की इज्जत लूटी जा रही थी तो वह कैसे चुपचाप रहता या वहां से भाग जाता। पीठ पर गोली नहीं खायी उसने। उन दरिन्दो का जमकर मुकाबला कर अंतिम क्षण तक वह मां-बहिनों की इज्जत बचाने के लिए संघर्ष करता रहा।'

मैं पूछता हूं- 'निहत्थे व बेकसूर लोगों पर गोलियां चलाना कहां की मर्दानगी है? बहू-बेटियों की इज्जत पर डाका डालना क्या बहादुरी है? वे भूखे भेड़िये कानून के हाथों से भी छूट गए। हमारा कानून इतना बौना है कि अपराधी उसकी पकड़ में ही नहीं आते।' एक गहरी और लम्बी श्वांस लेकर काका बोले।

'मेरे हंसते-खेलते परिवार पर न जाने किसकी नजर लग गई! मैं तो अब एक जिंदा लाश रह गया हूं। मेरे अंदर प्रतिशोध की ज्वाला धधक रही है और उसी प्रतिशोध की ज्वाला ने मुझे शायद जिंदा रखा है। मैं चाहता हूं कि उन वहशी दरिन्दो को सजा मिले जिन्होंने रामपुर तिराहे व मुजफ्फरनगर में पहाड़ की बहू-बेटियों की इज्जत तार-तार की। मां-बहिनों की इज्जत पर हाथ डालने वाले, किसी कीमत पर नहीं बचने चाहिए।

काका के स्वर में अब और उग्रता आ गयी थी। कार्तिकेय के पास खड़ा उसका एक मित्र बोला- 'काका कानून तो अपना काम करेगा ही, उन्हें जरूर सजा मिलेगी।'

'किस कानून की बात करते हो तुम! कहां है कानून? कानून के रखवालों ने ही ऐसा ताण्डव किया तो कानून रहा कहां? मां-बहिनों की इज्जत बचाने वाले को ही मौत के आगोश में सुला दिया। वाह रे-कानून!'

चाचा की बात सुनकर कार्तिकेय का गला रूंध गया। अपने दो-दो बेटों को खोने का गम झेल रहा है काक्का। उसके अंदर की आग उसकी आंखों में भी साफ दिख रही थी। साहस जुटाकर धीरे से कार्तिकेय बोला- 'आपके बेटे का बलिदान व्यर्थ नहीं जायेगा, आखिरकार इस क्षेत्र के लोगों की राज्य की मांग तो पूरी हो गई है।

'बाबू सहाब राज्य मिलने के बाद जो उम्मीदें थीं, उन उम्मीदों पर खरे

नहीं उतरे। हमारे लोग आज भी हताश और निराश हैं, अपना राज मिलने के बाद भी वही फटेहाल हैं।' काका लगातार कहते जा रहे थे।

काका की व्यथा सुन कार्तिकेय का मन व्यथित हो उठा। एक के बाद एक दोनों बेटों को खोना और उसमें भी एक तरफ देश के लिए कुर्बान होने का फख्र तो दूसरी तरफ अपनों के हाथों बेटे के गोलियों से छलनी होने का मलाल। सामने से दिख रहे बर्फीले पहाड़ों की धवलता प्राकृतिक सौन्दर्य की मनोरम छटा कार्तिकेय से जैसे प्रश्न पर प्रश्न कर रहे थे।

तभी बस चालक ने बस में बैठने के लिए आवाज दी। कार्तिकेय, जिसके हाथ में चाय का गिलास पकड़ा का पकड़ा ही रह गया था, बिना चाय का एक घूंट पिए भारी मन लिए बस में बैठा और किसी गहरी सोच में डूब गया।

19

सम्पत्ति

आज ऑफिस से लौटते ही सोफे पर निढाल सा पड़ गया सुहास। डेढ़ घण्टा बस में खड़े-खड़े टाँगे दुखने लगी थीं। कुछ देर आँखें मूँद सोफे पर ही लेट जाना चाहता था वह। सौम्या ने चाय बनाई और कुछ लिफाफे भी सामने सरका दिये उसके।

'तीन चार चिट्ठियाँ आई हैं आपकी।' वह बोली—

सिर उठाकर उसने एक सरसरी निगाह लिफाफों पर डाली।

बैंक की मोहर लगे एक खाकी लिफाफे को देख उसे जैसे करंट लग गया हो। वह उठ बैठा। लपककर उसने लिफाफा उठा लिया, फिर चोर नजरों से सौम्या की ओर देखने लगा। सौम्या का चेहरा निर्विकार था।

सुहास का अंदेशा ठीक निकला, बैंक का नोटिस था यह। पिछले तीन माह से वह आवास ऋण की किश्तें नहीं दे पाया था। उसके पुराने रिकार्ड को ध्यान में रखते हुए पत्र की भाषा तो संयत थी लेकिन इसके बाद क्या हो सकता है सुहास इससे अनभिज्ञ नहीं था। किस तरह उसने यह मकान जोड़ा था, वह वही जानता था।

कंप्यूटर प्रशिक्षण के बाद पन्द्रह वर्ष पूर्व नौकरी की तलाश में वह दिल्ली चला आया था। प्राइवेट कम्पनी में नौकरी लगने के दो वर्ष उपरान्त ही सौम्या से उसका विवाह हो गया। सौम्या अपने नाम के अनुरूप गुणवती थी। सुहास की छोटी सी तनख्वाह में ही उसने घर गृहस्थी का कुशल प्रबन्धन कर लिया था।

धीरे-धीरे परिवार भी बढ़ता गया और सुहास की तनख्वाह भी। बच्चों के बड़े होने के उपरान्त खाली समय में सौम्या ने पड़ोस के बच्चों को ट्यूशन पढ़ाना शुरू कर दिया। इससे सुहास का थोड़ा हाथ बँट जाता था।

दिल्ली जैसा शहर। तनख्वाह का बड़ा हिस्सा किराये में ही निकल जाता। धीरे-धीरे सुहास ने अपने घर का सपना सँजोना शुरू किया। दस-बारह साल की जमा-पूँजी और बैंक से कर्जे का जुगाड़ कर उसने सातवें माले पर दो कमरे का फ्लैट खरीद लिया।

तब से अब तक सब कुछ ठीक चल रहा था, लेकिन इधर मंदी का दौर शुरू हुआ, तो अमेरिका के बड़े बैंकों ने अपने आप को दिवालिया घोषित कर दिया। अमेरिका की इस मंदी को भारत की छोटी-छोटी कम्पनियों ने खूब भुनाया।

मंदी के नाम पर कर्मचारियों की छँटनी, वेतन कटौती आम बात हो गई थी। सुहास की कम्पनी भी इससे अछूती न रही। मंदी के बहाने कुछ लोगों को बाहर का रास्ता तक दिखा दिया गया। सुहास भाग्यशाली था कि पिछले पन्द्रह वर्षों से वह एक ही कम्पनी में काम कर रहा था। उसकी निष्ठा और लगन को देखते हुए उसे निकाला तो नहीं गया, लेकिन वेतन में लगभग 40 प्रतिशत की कटौती कर दी गई। सुहास के पैरों तले जमीन खिसक गई। घर में सभी को आमदनी के हिसाब से खर्च करने की आदत पड़ गई थी। अब इसमें कटौती कैसे हो पाएगी, यह सुहास की समझ से परे था।

इस सम्बन्ध में सुहास ने सौम्या को भी कुछ नहीं बताया। घर के खर्चों में तो कोई अन्तर नहीं आया लेकिन तीन माह से सुहास आवास ऋण की किश्ते नहीं दे पाया था।

आज तो सौम्या ने बैंक के लिफाफे को नहीं देखा, लेकिन कल अगर कानूनी नोटिस आता है तो सौम्या से कैसे छिपा पायेगा। जिस घर की दीवारों से उसे इतना लगाव, इतना अपनापन है, वह कभी छिन गया तो फिर क्या होगा?

इसी उलझन में पड़ा वह कोई न कोई जुगत निकालने की तलाश में लगा रहता। फ्लैट बेच भी नहीं सकता। फिर दूसरा ठौर तलाशना होगा, किराया तो देना ही पड़ेगा।

सुहास को वह दिन याद आ गया, जब पहली बार वह सौम्या और बच्चों को फ्लैट दिखाने लाया था। कितने खुश थे सब, घर की दीवारों के रंग से लेकर उसकी सजावट सब वहीं तय हो गया था।

बच्चे खुश थे कि अब उन्हें खेलने से कोई नहीं रोकेगा, वरना किराये के घर में तो हमेशा मकान मालिक की चख-चख सुनते रहो।

बहुत सोच-विचार के बाद भी सुहास को जब कोई रास्ता नहीं सूझा, तो अन्तत: उसने फ्लैट बेचने का ही मन बना लिया। बैंक का ऋण चुकता करने

के बाद कुछ पैसा बच जायेगा। एक-दो वर्ष का किराया तो निकल ही जायेगा। फिर वह हमेशा तो ये मंदी रहनी नहीं। कुछ समय बाद परिस्थितियाँ बदलेंगी तो देख लेंगे।

सौम्या को वह समझा देगा और सौम्या बच्चों को। ये सोचकर उसने अगले ही दिन किसी प्रॉपर्टी डीलर से बाते चलाने का फैसला किया।

सुबह ऑफिस निकलते हुए उसने घर की दीवारों पर गौर से नजर डालीं, मानो उन्हें आँखों में समा लेना चाहता हो।

'कोई अच्छा प्रॉपर्टी डीलर है तेरी नजर में' ऑफिस में अपने घनिष्ठ मित्र दीपक से सुहास ने पूछा। दीपक द्वारा कारण पूछने पर न चाहते हुए भी सुहास को सब कुछ बताना पड़ा।

'तेरी भाभी और बच्चों से कैसे निगाह मिला पाऊँगा, समझ नहीं आता, लेकिन कोई और चारा भी तो नहीं।' उसके स्वर में हताशा थी।

'लेकिन सुहास, आजकल मंदी के इस दौर में तुझे फ्लैट की कीमत भी सही नहीं मिलेगी। अव्वल तो तुझे खरीददार ही नहीं मिलने वाला और कोई मिल भी गया, तो तेरी मजबूरी का फायदा उठाने की कोशिश करेगा। फिर भी मैं देखता हूँ क्या हो सकता है।' दीपक ने उसे वस्तुस्थिति बताते हुए भरोसा दिलाया।

दो तीन दिनों बाद सुहास को एक कोने में ले जाकर दीपक चुपके से बोला, 'यार, मैं एक डॉक्टर को जानता हूँ.....अपनी किडनी बेच सकता है तू।'

यह सुन सुहास का मुँह खुला का खुला रह गया। क्या जबाब दे, उसकी समझ में नहीं आया। दीपक ने क्या कहा, जैसे उसे सुनाई ही नहीं दिया।

'तुम एक किडनी पर भी जी सकते हो। एक छोटा सा ऑपरेशन। किसी को पता भी नहीं चलेगा। दो तीन दिनों में घर आ जाओगे। भाभी से कह देना, टूर पर जा रहे हो।' दीपक कहे जा रहा था लेकिन कहीं खोया सा सुहास कुछ सुन रहा था कुछ नहीं।

' इसके अलावा कुछ और नहीं हो सकता?' सुहास को अपनी ही आवाज कहीं दूर से आती लगी।

जवाब मिला, ' और क्या है तेरे पास बेचने के लिये, इसको बेचकर इतना पैसा तो मिल ही जायेगा कि तू मकान के ऋण के डेढ़ दो वर्ष का एकमुश्त पैसा जमा कर सके। तब तक स्थिति सुधर जायेगी।'

'क्या इतना पैसा मिल जाएगा कि डेढ़ दो वर्षों की ऋण की किश्त चुका सकूं।' सुहास बोला।

'हाँ क्यों नहीं, इस धन्धे में मंदी नहीं है मेरे यार।' दीपक विद्रूप हँसी हँसा।

'चलो, सोचकर बताऊँगा।' कहकर सुहास घर की ओर चल पड़ा।

अपनी ही सोच में डूबा सुहास घर पहुँचा, तो सौम्या और बच्चे उत्साह से भरे थे।

'कल आपकी छुट्टी है। बहुत दिनों से बाहर नहीं निकले हैं। बच्चे भी जिद कर रहे हैं। घर के लिये कुछ खरीददारी भी हो जायेगी।' सौम्या ने चाय का कप सुहास की ओर बढ़ाते हुए कहा।

'क्या शॉपिंग करनी है, मुझे भी तो पता चले।' सुहास ने अपने मन की ऊहापोह सौम्या के सामने जरा भी जाहिर नहीं होने दी।

'परदे पुराने हो गये हैं। घर की दीवारों से मैच भी नहीं करते। सोच रही हूँ बदल डालूँ।'

तभी दोनों बच्चे भी आकर सुहास के दोनों ओर बैठ गए।

'पापा, हमें भी अपने लिये कुछ लेना है। बाजार में बहुत अच्छे-अच्छे पोस्टर आए हैं। हम घर को अच्छी तरह सजायेंगे। नया सा लगेगा फिर से।' बच्चों का उत्साह देखते ही बनता था।

'ठीक है तो कल हम सब बाजार चलेंगे, लेकिन अभी तुम दोनों पढ़ाई करो।' बच्चे खुश होकर अपने कमरे की ओर दौड़ पड़े। सुहास रात को बिस्तर पर लेटा तो नींद नदारद थी। पूरी रात करवटों में कट गई।

सौम्या और बच्चे जिस उत्साह से घर को सजाने-सँवारने की तैयरी कर रहे थे, उस घर को वो बचा भी पायेगा या नहीं।

बार-बार दीपक का सवाल कानों में गूँज उठता-'किडनी बेचेगा अपनी?'

एक मन सोचता कि यदि बाद में कभी उसकी किडनी खराब हो गई तो क्या होगा?

'लेकिन इसकी संभावना बहुत कम है।' सुहास मन ही मन अपने आपको दिलासा दे रहा था।

अगले दिन बच्चों के साथ बाजार और पार्क में बीत गया बच्चों की पिकनिक भी हो गई थी।

सौम्या घर आकर परदों को दीवारों से लगाकर देख रही थी तो बच्चे पुरानी पेंटिग्स व पोस्टर निकाल कर उनकी जगह नई लगाने में व्यस्त थे।

'अपना घर तो अपना ही होता है। हर समय उसे सजाते-सँवारते रहने का मन करता है।' सौम्या परदों की तह बनाते हुए बोली।

'हाँ! ये बात तो है।' सुहास ने भी उसकी हाँ में हाँ मिलाई।

दिन भर के घटनाक्रम ने सुहास का निर्णय लेना आसान कर दिया था।

अगले दिन सोकर उठा, तो सुहास अपने आप को हल्का महसूस कर रहा था।

'सौम्या! मैं तुमसे कुछ कहना भूल गया। एक दो दिन में शायद मुझे ऑफिस के काम से बाहर जाना पड़े। मेरा सूटकेस तैयार कर देना।' सौम्या उसके चेहरे के भाव पढ़ पाए इससे पहले ही सुहास तेजी से निकल गया।

अपने घर और परिवार की खुशियाँ बचाने के लिए अपनी 'निजी' सम्पत्ति बेचने के अलावा और कोई चारा नहीं था उसके पास।

20

नीयत

गृहस्थी की गाड़ी सिर्फ पैसा, सुन्दरता या फिर सुशिक्षित होने से ही नहीं चलती। वह समर्पण, समझ और सरोकार की आहुति भी माँगती है। स्वच्छंदता नहीं, त्याग चाहती है। पर उसने तो यह कभी सीखा ही नहीं। उसकी हनक और सनक ही उसे ले डूबी। आज शिरीष उससे दूर हो गया तो सिर्फ इसीलिए।

सुगंधा का दर्प अब दरकने लगा था। और रोहित के रात-रात फोन उसे अखरने लगे। वह समझने लगी, पति-पत्नी के बिगाड़ में कैसे लोग अपना जुगाड़ ढूँढ लेते हें। लेकिन मजबूरी थी, जब तक काम फँसा था, तो फोन अटेण्ड करने ही पड़ते। किन्तु वे पल उसे बड़ा असहज कर देते। अब तो बिटिया भी बड़ी हो चली थी। घंटी बजते ही उसके भी कान खड़े हो जाते।

'क्या जिन्दगी बना ली है मैंने अपनी।' सोच का यह सिलसिला चला ही था कि ट्रिन-ट्रिन फोन बज उठा। खुशबू ने घड़ी की ओर देखा। तकरीबन वही रोज का ही समय। रात के साढ़े ग्यारह बजे थे। सुगन्धा ने फोन उठाया और उसकी ओर पीठ कर धीमी आवाज में बातें करने लगी।

कुछ दिनों से ये नित्य का नियम ही हो गया। रात को सन्नाटे में जब पहली बार फोन की घण्टी घनघनाई थी, तो खुशबू और सुगन्धा दोनों चौंक उठे थे। इसके बाद फोन आने का यह क्रम रोज का ही हो गया। खुशबू भी इसकी आदी सी हो गई। पर वह नजरें बचाकर कनखियों से मम्मी को घूरती। उन्हें तनावग्रस्त देख कभी-कभार पूछ भी लेती–

'मम्मी क्या हुआ।'

'कुछ नहीं।' कहकर सुगन्धा टाल जाती।

खुशबू फिर ज्यादा जोर भी नहीं देती। वैसे भी घर में, जब से उसने होश

सम्भाला, तनाव ही पाया। खुशबू के पिता शिरीष सेना में अधिकारी थे, तो माँ सुगंधा देहरादून स्थित एक प्रतिष्ठित स्कूल में अध्यापिका।

खुशबू को याद ही नहीं है कि बचपन में कभी उसने मम्मी-पापा को दो घड़ी भी प्यार से बातें करते देखा हो। हमेशा उन्हें लड़ते-झगड़ते ही पाया।

'तुमने मेरी कभी परवाह ही नहीं की। तुम्हें तो हमेशा अपनी और अपनी नौकरी की ही पड़ी रहती है। दाम्पत्य जीवन क्या होता है, तुम जैसी दंभी महिला क्या जाने।'

'मैं स्वाभिमानी हूँ और होना भी चाहिए। तुम तो यही चाहते हो न कि औरत पैरों की जूती बनी रहे। एक-एक पाई के लिए पति की मोहताज हो। हर पुरूष की यही सोच रहती है। तभी उनके पौरूष को शान्ति भी मिलती है।'

खुशबू भी अब इतना समझने लगी थी कि पिता, मम्मी को बिना वजह उलाहना नहीं देते थे। वह चाहते थे, माँ अपनी नौकरी छोड़कर उनके साथ रहे और घर-परिवार पर ध्यान दे। लेकिन अहं की शिकार मम्मी को यह कतई मंजूर नहीं था।

शादी के एक साल बाद ही खुशबू आ गई, तो कुछ समय के लिए शिरीष-सुगंधा के बीच की खाई पटती सी लगी। पर फिर वही रवैया। दो-तीन महीने बाद ही खुशबू को आया के भरोसे छोड़ सुगन्धा ने फिर नौकरी पर जाना आरम्भ कर दिया। सुबह ही स्कूल निकल जाती और देर शाम घर लौटती। आजिज आ चुके शिरीष का मन अब सुगन्धा से हटने लगा।

इधर सुगंधा अपनी गलतियों पर तो गौर करती नहीं थी, उल्टे अब शिरीष पर ही बेवफाई के इल्जाम लगाने लगी। जोरों से चिल्लाती।

'बाहर तो लड़कियों के साथ गुलछर्रे उड़ाते फिरते हो और घर में बीवी-बेटी के पास आकर संन्यासी बने खामोशी ओढ़ लेते हो।'

जवाब में शिरीष उतनी ही ऊँची आवाज में बोलता- 'तो क्या करूँ? ऐसा क्या है इस घर में जो मैं किलकारी मारूँ। घर से बाहर अगर मैं खुशी ढूँढता हूँ तो तुम्हें जलन क्यों होती है?'

माँ-पिता के बीच यही झगड़े देखते-देखते खुशबू बारह वर्ष की हो आई। अति हो गई तो कुछ ही समय पूर्व दोनों पति-पत्नी ने अलग-अलग रहने का फैसला कर लिया। खुशबू के लिए सुगंधा ने जिद की, तो शिरीष उसे उसके पास ही छोड़ने को राजी हो गया।

अब समस्या उस फ्लैट को लेकर थी, जिसमें सुगन्धा और खुशबू रह रहे थे। फ्लैट का स्वामित्व शिरीष और सुगन्धा दोनों के नाम से था। शिरीष

सुगन्धा के हिस्से का पैसा देकर उसका स्वामित्व अपने नाम पर कराना चाहता था जबकि सुगन्धा तलाक के एवज में उस पर अपना हक चाहती थी।

एक-दूसरे से अलग हो जाने के बाद भी यही मसला उन दोनों के बीच झगड़े की जड़ बना हुआ था। मामला घर की चारदीवारी से कोर्ट-कचहरी तक जा पहुँचा। इसी बीच मौका ताड़ सुगन्धा की मदद को हाउसिंग सोसाइटी का चेरयमैन रोहित आगे आ गया। वह पेशे से वकील भी था। उसने आग में और घी का काम किया। आये-दिन सुगंधा को वह उकसाता रहता—

'अरे! कैसे नहीं देंगे मेजर साहब इसे आपको? तलाक के हर्जाने के रूप में तो उन्हें ये देना ही पड़ेगा। मैं लड़ूँगा आपका केस।'

जब-तब किसी न किसी बहाने वह मिलने घर आ धमकता या देर-सबेर फोन घनघनाता रहता।

जब पहली बार रात ग्यारह बजे उसका फोन आया, तो सुगन्धा चौंक उठी।

'हैलो! क्या कर रहे हैं आप? मैंने सोचा केस के बारे में आप से कुछ बातें कर लूँ।' रोहित बोला—

'जी इस समय !' सुगन्धा रोहित के इस देर रात आये फोन का मन्तव्य समझ रही थी। उसे अंदर ही अंदर खीझ आयी कि जो बात कल भी हो सकती थी उसके लिये उसे रात ग्यारह बजे फोन करने की क्या जरूरत थी! खैर वह गुस्सा पी गई और कुछ बोलती इससे पहले ही रोहित बोल उठा—

'अगर आपकी आपत्ति न हो तो........।' बात यहीं अधूरी छोड़ दी उसने।

'आज स्कूल में देर शाम तक मीटिंग चलती रही, सिर दु:ख रहा है। हम कल बात कर लें, तो कैसा रहेगा?' सुगन्धा ने विनम्रतापूर्वक उसका आग्रह टाल दिया।

चलो ठीक है, कहकर रोहित ने फोन रख दिया, तो सुगन्धा ने बड़ी चैन से साँस ली। लेकिन अगले दिन फिर लगभग उसी समय फोन घनघना उठा। सुगन्धा ने चोर नजरों से खुशबू की तरफ देखा। खुशबू की आँखों में उतरते सवालों से नजरें फेर सुगन्धा ने चुपचाप फोन उठाया।

'सुगन्धा जी! मैं रोहित, क्या करें दिन भर इतना व्यस्त रहता हूँ समय ही नहीं मिल पाता। इसलिए फिर आपको इस समय परेशान कर दिया।' और वह धीमे से कुटिल हँसी हँसा।

उसकी हँसी की आवाज सुगन्धा के कानों में पिघले शीशे की तरह पड़ी। लेकिन अपने को संयत रखते हुए उसने उससे अपने केस की प्रगति संबंधी सवाल दाग दिया। आखिर काम तो उसका ही था और इस झंझट से वह जितनी जल्दी हो, मुक्ति भी चाहती थी।

'इसको तो बस आप अपने पक्ष में ही समझिये। अगली तारीख में ही फैसला हो जाएगा। आप सहयोग कीजिए और मेजर साहब से सम्बन्धित कुछ सूचनाएँ दे दीजिए। बस काम हुआ समझो।'

रोहित के फोन अब अक्सर किसी न किसी बहाने देर रात इसी तरह आने लगे थे। हालत यह हो गई कि अब सुगन्धा को लगने लगा कि वह अपनी बड़ी होती बेटी से नजरें नहीं मिला पा रही है।

बिस्तर पर लेटती, तो लगता खुशबू की नजरें पीछा करा रही हैं। पूछ रही हैं कि रोहित अंकल को ऐसा कौन सा काम है, जिसके लिये उन्हें देर रात ही बात करनी होती है?

सुगन्धा का स्कूल आवासीय था और वहाँ की आवश्यकताओं को ध्यान में रखते हुए कई दिनों से स्कूल प्रबंधन सुगन्धा पर स्कूल परिसर में ही रहने के लिए दबाव डाल रहा था। लेकिन सुगन्धा इसे टाले जा रही थी। वह मकान खाली कर शिरीष को केस जीतने का कोई मौका नहीं देना चाहती थी। उसके पास स्थायी आवास का न होना ही तो एक मुद्दा था, जो उसे मकान का स्वामित्व दिला सकता था।

किन्तु पिछले कुछ दिनों से रोहित के लगातार देर रात आने वाले फोन-कॉल्स ने उसे बुरी तरह विचलित कर दिया था। वह आत्म मंथन करने लगी-

शिरीष उसे उसके हिस्से का पैसा देने को तैयार है जिसे वह खुशबू के भविष्य के लिए सुरक्षित रख सकती है। स्कूल परिसर में रहने से उसके खर्च भी कम होंगे और खुशबू का भविष्य भी बेहतर बन पायेगा। पर रोहित जानबूझ कर केस को लम्बा खींच रहा है, ताकि वह उसकी कठपुतली बनी रहे। उसने तय किया, वह कुछ दिन और देखेगी, नहीं तो फिर दूसरा रास्ता निकालना होगा।

लेकिन इस बीच संयोग से ऐसा हुआ कि उसे ज्यादा इंतजार नहीं करना पड़ा। वह कुछ दिनों से राहत महसूस कर रही थी। रात को फोन अब लगभग बन्द ही थे-

'हो सकता है, रोहित को उन दिनों मुझसे केस सम्बन्धी काम ही रहा होगा। पर मुझे तो अनावश्यक ही शक करने की आदत पड़ गई है।'

सुगन्धा ने मन ही मन सोचा। किन्तु उसकी यह खुशफहमी अधिक समय तक बनी न रह सकी।

रात बारह बजे फोन घनघनाया, तो सुगन्धा और खुशबू दोनों चौंक उठे।

पिछले कुछ दिनों से सुगन्धा फोन की आवाज कम करना भी भूल गई थी।

'हैलो सुगन्धा जी! सो गई क्या?' जाना पहचाना स्वर सुन सुगन्धा का मन आया कि कह दे नहीं, आधी रात को वह तारे गिन रही है। लेकिन कह नहीं पाई।

'आपके केस का निर्णय अगली तारीख में तो हो ही जायेगा। उसके बाद आपसे बात करने का मौका कहाँ मिलेगा। आज श्रीमती जी भी मायके गई हैं, अकेलापन महसूस हो रहा था। सोचा आपसे बातें करूँ।' रोहित की आवाज नशे में बुरी तरह लड़खड़ा रही थी। सुगन्धा एक पल को सन्न रह गई। उसको खामोश पाकर रोहित फिर बोला।

'आप भी तो अकेली हैं। कभी तो हमसे बात कर लिया कीजिये, आपका मन भी बहल जायेगा। आखिर इस सोसाइटी में हम ही आपके काम आयेंगे।' रोहित नशे में चूर बड़बड़ाये जा रहा था।

सुगन्धा ने फोन पटक कर उसका तार निकाल दिया। गुस्से की आग और काम फँसे होने की मजबूरी के मिले-जुले भाव उसके मन को बुरी तरह मथ रहे थे। एक पल के लिए उसे लगा मानो सिर फट जायेगा।

बिस्तर पर आकर लेटी, तो नींद जैसे उड़ गई थी। आखिर राहित ने उसे समझा क्या है! ठीक है शिरीष और उसमें नहीं बनी और तलाक हो गया, तो इसका मतलब यह तो नहीं कि वह चौराहे पर खड़ी है और जिसके जी में आया, वह उसके मन बहलाने का जरिया बन जाये?

मन पक्का कर वह अगले दिन रोहित के ऑफिस जा धमकी।

'मैंने शिरीष से समझौता कर लिया है, मैं केस वापस लेना चाहती हूँ।' दो टूक शब्दों में उसने अपना निर्णय रोहित को सुना दिया।

सकपकाते हुए वह बोला, 'अरे मैडम, आप तो बुरा मान गई, अब तो आप केस जीतने वाली हैं। अब इस समय....।' उसे बीच में टोकते हुए सुगंधा बोली-

'आपने सुना नहीं मैंने क्या कहा, मुझे केस वापस लेना है।'

उसके तेवर देख रोहित सहम गया पर अपनी हरकत से वह बाज नहीं आया। बोला-

'ठीक है मैडम, जैसा आप चाहें। लेकिन केस फ्री में नहीं लड़े जाते। हम तो उसके लिए भी तैयार थे बशर्ते आप हमारी बात मान जातीं। दोनों का मन बहल.........।'

बीच में ही सुगंधा ने टोकते हुए कहा-'कितने पैसे देने हैं?' गुस्से से उसके शरीर में जैसे असंख्यों चींटियाँ रेंगने लगीं थी। जल्दी ही वह वहाँ से बाहर निकल जाना चाहती थी।

'दो लाख तो दे ही दीजिए। कुछ और नहीं तो, पैसा तो ठीक मिल ही जाए। रोहित ने बेशर्मी से अपनी बत्तीसी निपोरी।

'मैं आपको दो दिन बाद का चेक दे रही हूँ। निकलवा लीजिएगा।' चेक उसकी मेज पर फेंक कर सुगन्धा पैर पटकती हुई गुस्से में बाहर निकल आई।

'अभी बहुत से काम करने हैं। शिरीष से बात करनी है और फिर स्कूल परिसर में शिफ्ट होना है.........।' बड़बड़ाते हुए उसके कदम तेजी से घर की ओर मुड़ गये।

21

बड़ी सीख

कचहरी परिसर के बाहर आज कुछ ज्यादा ही मजमा लगा था। तीन दिन से यहाँ पूर्व स्वतन्त्रता सेनानी संतन सिंह का बेटा जितेन्द्र अपने परिवार सहित अनशन पर बैठा था। उसकी नाराजगी सरकार के रवैये को लेकर थी। उसका कहना था, सरकारी अनदेखी के चलते ही स्वतंत्रता आन्दोलन के अग्रणी सेनानी का परिवार आज चौराहे पर आ खड़ा है। पूरे तीन दिन कोई भी सरकारी प्रतिनिधि उसे पूछने नहीं आया तो गुस्से में उसने यहीं पर मय परिवार आत्महत्या की धमकी दे डाली। मामले को हवा देने के लिए वहाँ कुछ उत्साही पत्रकार व इलेक्ट्रॉनिक मीडिया के लोग भी आ जुटे।

जितेन्द्र प्रसिद्ध स्वतंत्रता संग्राम सेनानी संतन सिंह का इकलौता पुत्र था। संतन सिंह के पिता गाँव के बड़े जमींदार थे। स्कूली शिक्षा पूरी होने पर उन्होंने आगे की पढ़ाई हेतु उन्हें इलाहाबाद भेज दिया था। संतन सिंह बचपन से ही प्रखर बुद्धि के थे इसलिए पिता उन्हें कलक्टर बनाना चाहते थे। उन्हें इलाहाबाद भेजने का उनका मकसद भी यही था।

लेकिन घर से बाहर रहकर बेटा कहीं विमुख न हो जाये यह सोचकर पड़ोसी गाँव के जमींदार की पुत्री लीलावती से उनका ब्याह करवा दिया। पन्द्रह वर्ष की लीलावती दुल्हन बन संतन सिंह के घर आ गई।

शुरू में तो संतन का मन पढ़ाई में बिल्कुल भी न लगता। दो दिन की छुट्टी होने पर भी वो गाँव लौट आते। लेकिन धीरे-धीरे उनका मन अंग्रेजी सरकार द्वारा भारतीयों पर किये जाने वाले जुल्मों से आहत होने लगा। फिर एक दिन वह अपने कुछ मित्रों के साथ स्वतंत्रता आन्दोलन में कूछ पड़े। हर महीने घर भाग आने वाले संतन का जब महीनों तक कुछ पता न चला तो घर में चिन्ता हुई। पिता ने गाँव से अपने एक पुराने नौकर को इलाहाबाद उनकी

खोज-खबर को भेजा। वहाँ पता चला, वह तो कॉलेज ही छोड़ चुके हैं।

इस बीच संतन व उनके साथियों की उग्र गतिविधियों के चलते ब्रितानी पुलिस हरकत में आ गई। उनकी घेराबंदी के साथ-साथ अब घर में भी तहकीकात होने लगी। पिता को उनकी यह हरकतें नागवार गुजरीं। पर पत्नी को पता लगा तो वह भी इस मुहिम के लिए मचलने लगी। उसने गाँव की ही कुछ महिलाओं को एकत्रित कर स्वदेशी आन्दोलन शुरू कर दिया। इससे संतन के पिता और भड़क उठे उन्हें यह कतई मंजूर नहीं था कि समृद्ध घर की बहू सारा साज-श्रृंगार छोड़ खादी के कपड़े पहने और इधर-उधर सड़कों में भटके। इसको लेकर उन्होंने कई बार उसे फटकारा भी। पर अपने पति को मदद करने की बात कहकर उसने ससुर को निरूत्तर कर दिया।

देश आजाद हुआ तो संतन को कई लोगों ने राजनीति में, उतर आने की सलाह दी। पर वह कहते- 'मैंने देश को आजाद करवाने के लिए लड़ाई लड़ी थी, अब देश आजाद हो गया है तो मेरा काम भी खत्म, कुछ और पाने की लालसा नहीं है मन में' लोग चुप हो जाते।

इसके बाद संतन ने अपने गाँव में रहकर खेती करना ही उचित समझा। आन्दोलन के दौरान गोली लगने और उसके बाद समुचित इलाज न हो पाने से उनका बायाँ पाँव खराब होने लगा पर हिम्मत नहीं हारी।

बाद में सरकार ने स्वतंत्रता संग्राम सेनानियों को नौकरी सहित कई अन्य सुविधाएँ रदी, लेकिन संतन ने पेंशन के अलावा अन्य सभी सुविधाएँ लेने से विनम्रतापूर्वक मना कर दिया। पेंशन से मिलने वाली राशि भी वह गरीब और जरूरतमंद लोगों में बाँट देते।

विवाह के कई वर्षों बाद घर में पुत्र हुआ तो परिवार में खुशी कह लहर दौड़ गई। नाम रखा गया जितेंद्र। माँ-बाप ने उसे अपने ही संस्कारों में ढालने की कोशिश की। पर उसकी फितरत कुछ अलग ही थी। पढ़ने-लिखने में वह सामान्य ही था। किसी तरह उसने स्नातक किया, और फिर सरकारी नौकरी की तलाश में लग गया। पिता उसे समझाते-'बेटा तुम सरकारी नौकरी के लायक तो हो नहीं, इसलिए कोई अपना धंधा-पानी ही शुरू कर लो।'

पिता की इस सलाह से वह भड़क उठता। धीरे-धीरे वह जुबान भी लड़ाने लगा, कहता-'कैसे स्वतंत्रता सेनानी हैं आप कि अपने इकलौते बेटे के लिए एक अदद सरकारी नौकरी का जुगाड़ भी नहीं कर सकते।'

संतन सिंह बेटे की इन बातों को सुन सन्न रह गए। उन्हें उसकी इस सोच पर बड़ी ग्लानि हुई। मन ही मन कहने लगे- क्या अपने पुत्र को नौकरी दिलवाने के लिए ही उन्होंने आन्दोलन किया था। पर पुत्र को ये न लगे कि

पिता उसके लिए कुछ नहीं कर रहे, यह सोचकर उन्होंने पत्नी से सलाह मशवरा किया और फिर एक खेत बेचकर गाँव में ही एक छोटी सी दुकान खोल ली। पर पढ़े-लिखे जितेन्द्र को ये काम अपमानजनक लगा। माँ के समझाने पर मन मसोस कर उसे दुकान पर बैठना ही पड़ा। दुकान से ठीकठाक आमदनी होने लगी। पर उसका चंचल मन खुराफातों में ही लगा रहता।

दुकानदारी अब उसकी ठीक-ठाक चलती देख माता-पिता ने उसका विवाह कर अपनी अन्तिम जिम्मेदारी से भी मुक्त हो जाना चाहा और एक पढ़ी-लिखी अच्छे घर की लड़की संयुक्ता से उसकी शादी कर दी। बहू के घर जाते ही स्थिति बिगड़ने लगी।

संयुक्ता भी जितेन्द्र की तरह ही चंचल थी। उसे पति का दुकान में बैठना बिलकुल ठीक नहीं लगता। वह उसे और उचकाने लगी-'सरकार आज स्वतंत्रता सेनानी आश्रितों को कितनी सुविधाएँ दे रही हैं। पर तुम्हारे पिता हैं कि तुम्हारे बारे में कुछ सोचते ही नहीं। उन्हें तो सिर्फ समाजसेवा का भूत सवार है। अपने इकलौते बेटे की जिन्दगी की उन्हें कोई चिन्ता ही नहीं।'

पत्नी की यह बातें आग में घी का काम करती। वह और भड़क उठता। बात-बात पर अपनी सारी खीझ पिता पर उतार देता। माँ समझाती-'बेटा सारी जिन्दगी तुम्हारे पिता ने उसूलों के लिए बिता दी इसीलिए लोग उनका इतना सम्मान करते हैं। अब बुढ़ापे में उन्हें गलत कामों के लिए मजबूर मत करो।'

पर वह माँ से भी भिड़ जाता। कहता-'पिता उसका भला ही नहीं चाहते।'

एक औलाद वह भी भी ऐसी। संतन सिंह चिन्ता में डूब जाते, इससे उनका स्वास्थ्य खराब रहने लगा। एक दिन उन्हें दिल का दौरा पड़ा और हमेशा-हमेशा के लिए वह परिवार से दूर हो गए।

संतन सिंह के तो पूरे इलाके के लोग मुरीद थे। उनकी मौत की सूचना सुन घर में सैलाब उमड़ पड़ा। बेतहाशा भीड़ ने जितेन्द्र को इस बात का और अहसास तो दिला दिया कि उन्हें लोग कितना मानते हैं। पिता की इसी लोकप्रियता को वह अब भुनाने में लग गया। पिता की मौत की संवेदना की आड़ में उसने कई अधिकारियों और राजनीतिज्ञों के चक्कर काटे पर बात नहीं बनी। इसी भाग-दौड़ में उसकी मुलाकात एक दलाल से हो गई, जिसने दो लाख रूपये में उसे नौकरी दिलवाने का आश्वासन दिया। सौदा तय हो गया तो जितेन्द्र ने पैसों की व्यवस्था के लिए माँ से खेत बेचने की इजाजत चाही।

बेटे को समझाने में असफल रही माँ ने थक-हार कर उसे खेत बेचने की अनुमति तो दे दी किन्तु अन्दर ही अन्दर उसका मन टूट गया। सोचती, जिस

व्यक्ति ने जीवन भर अपने सिद्धान्तों से कभी समझौता नहीं किया, उसी का बेटा उसकी मृत्यु के बाद नौकरी लगाने के लिए रिश्वत देने जैसा घृणित कार्य कर रहा है। लेकिन घर में सुख-शान्ति के लिए उसे इस पाप का भागी बनना पड़ा।

दलाल पैसे लेने के बाद गायब हो गया तो जितेन्द्र आग बबूला हो उठा। कैसे कहे उसने नौकरी के लिए रिश्वत दी। पर अब स्वतंत्रता संग्राम सैनिकों के आश्रितों की आढ़ लेकर वह परिवार सहित कचहरी परिसर में धरने पर बैठ गया।

लीलावती को पता चला तो उस पर जैसे किसी ने घड़ों पानी उँड़ेल दिया हो। बेटा अब इस नौटंकी पर उतर आया कि अपने पिता का नाम ही मिट्टी में मिला देना चाहता है। वह तमतमा उठी।

इधर अनशन स्थल पर खासी भीड़ जमा हो गयी थी। कुछ छुटभैयों ने सियासी दुकानें सजा लीं और लगे सरकार को जमकर कोसने। मीडिया के लोग भी आ पहुँचे।

इसी तमाशे के बीच जितेन्द्र ने बगल में बैठी अपनी छोटी बिटिया को गोद में बिठा लिया और जेब से जहर की शीशी निकालकर उसे पिलाने का नाटक करने लगा।

तभी भीड़ में भगदड़ मची। जोर का एक नारी स्वर उभरा-हटो-हटो क्या मजमा लगा रखा है। कोई तमाशा हो रहा है क्या? लोग तितर-बितर हो गए।

सामने माँ लीलावती के उग्र तेवर देख जितेन्द्र और संयुक्ता के होश उड़ गए। उन्होंने सोचा भी नहीं था कि वह यहाँ आ धमकेगी। पास ही बैठे दोनों बच्चे दादी माँ कहते हुए दौड़े और उससे लिपट गए।

'माँ आप यहाँ!'-सकपकाते हुए जितेन्द्र उठ खड़ा हुआ तो माँ ने आगे बढ़कर एक जोर का तमाचा उसके गाल पर दे मारा।

चारों तरफ सन्नाटा छा गया। मीडिया के लोग भी सकते में आ गए। किसी के मुँह से कोई आवाज न निकली।

'तुम इतने अकर्मण्य हो, ये तो मुझे मालूम था लेकिन इतने बेशर्म भी हो ये नहीं जानती थी। अपने देश को आजाद कराने के लिए क्या इसलिए लड़ाई लड़ी थी कि तुम जैसे कपूत उस महान स्वतंत्रता संग्राम सेनानी के नाम को अपने स्वार्थों के लिए बैसाखी की तरह इस्तेमाल करें।'

'लेकिन जिन लोगों ने देश के लिए कुर्बानी दी उनके लिए आजाद मुल्क के हुक्मरानों का कोई फर्ज नहीं है! देश पर कर्ज है उन सपूतों का। उसको उतारना क्या देशवासियों का फर्ज नहीं है।' कुछ अति उत्साही मीडिया वालों ने लीलावती से सवाल किया।

उनका यह बेतुका सवाल सुन वह और भड़क उठी–'कौन सा कर्ज, कैसा कर्ज! क्या अपने देश, अपने घर के लिए कुछ करना अहसान होता है जिसे उतारा जाय। कोई किसी पर अहसान नहीं करता, यह सबका फर्ज है। और सबको अपना-अपना फर्ज अदा करना चाहिए। बगैर किसी अपेक्षा के।'

फिर वह अपनी बहू से मुखातिब हुई–

'इसकी इस नौटंकी में तुम भी चली आई इस नालायक के साथ। अनशन करने के लिए। अरे, तुम तो अर्धांगिनी हो इसकी। तुम्हारा फर्ज है उसे सही राह दिखाना और सही रास्ते पर लाना। भीख और अनुदान से जिंदगी नहीं चलती। कुछ करना है तो कर्म करो। तभी आने वाली पीढ़ी भी तुम्हें याद रखेगी।'

उसने खबरनवीसों को भी नहीं बख्शा। बोली–

'तुम तो चौथे स्तंभ हो इस व्यवस्था के। समाज को दिशा देना तुम्हारा परम दायित्व है। तुम ही भटक जाओगे तो लोगों को दिशा कौन देगा।'

सभी सिर झुकाये खड़े थे। बिलकुल मौन। सभी को अपनी-अपनी जिम्मेदारी व दायित्वों का अहसास हो आया। धीरे-धीरे भीड़ छँट गई। सब चुपचाप एक बड़ी सीख लिए अपने-अपने गंतव्यों को चल दिए।